M000300532

Sete Minutos Depois da Meia-Noite

Patrick Ness

Baseado na ideia de Siobhan Dowd

Tradução
Paulo Polzonoff Junior

Novo Conceito

Com agradecimentos a Kate Wheeler
© 2011 Patrick Ness
Baseado na ideia de Siobhan Dowd
Publicado sob acordo com Walker Books Limited, Londres SE11 5HJ.
© 2016 Editora Novo Conceito

Todos os direitos reservados.

Nenhuma parte desta publicação poderá ser reproduzida ou transmitida de qualquer modo ou por qualquer meio, eletrônico ou mecânico, incluindo fotocópia ou qualquer outro tipo de sistema de armazenamento e transmissão de informação sem autorização por escrito da Editora.

Esta é uma obra de ficção. Nomes, personagens, lugares e acontecimentos descritos são produto da imaginação do autor. Qualquer semelhança com nomes, datas e acontecimentos reais é mera coincidência.

1ª Impressão — 2016
Impressão e Acabamento RR Donnelley 040816

Produção Editorial: Equipe Novo Conceito
Preparação: Robson Falcheti Peixoto
Revisão: Valquíria Della Pozza

Dados Internacionais de Catalogação na Publicação (CIP)
(Câmara Brasileira do Livro, SP, Brasil)

Ness, Patrick
    Sete minutos depois da meia-noite / Patrick Ness ; [tradução Paulo Polzonoff Junior]. -- Ribeirão Preto, SP : Novo Conceito Editora, 2016.

    Título original: A monster calls.
    ISBN 978-85-8163-824-9

    1. Ficção inglesa I. Título.

16-04888
                                 CDD-823

Índices para catálogo sistemático:
1. Ficção : Literatura inglesa 823

Novo Conceito
Rua Dr. Hugo Fortes, 1885
Parque Industrial Lagoinha
14095-260 – Ribeirão Preto – SP
www.grupoeditorialnovoconceito.com.br

Nota dos Autores

Nunca conheci Siobhan Dowd. Só a conheci como a maioria de nós a conhecera: por meio de seus livros incríveis. Quatro emocionantes livros para jovens, dois publicados em vida, dois depois de sua morte precoce. Se você não os leu, corrija isso imediatamente.

Este seria o quinto livro dela. Ela tinha os personagens, a premissa e o começo. O que ela infelizmente não tinha era tempo.

Quando me perguntaram se eu cogitava transformar o trabalho dela em um livro, hesitei. O que eu não faria — o que *não poderia* fazer — era escrever um romance imitando a voz dela. Isso seria um desserviço a ela, aos leitores dela e, mais importante, à história. Não acho que um bom texto possa resultar disso.

Mas o interessante sobre boas ideias é que elas se transformam em outras. Antes que eu pudesse evitar, as ideias de Siobhan sugeriam novas ideias para mim, e comecei a sentir aquela coceira pela qual todo escritor anseia: a coceira de começar a escrever, a coceira de contar uma história.

Senti — e sinto — como se tivessem me passado o bastão, como se uma escritora muito boa me tivesse dado a história e dito: "Vamos lá. Siga em frente. Faça um auê". E é isso que tentei fazer. Ao longo do caminho, tive apenas um norte: escrever um livro do qual penso que Siobhan teria gostado. Nenhum outro critério importava.

E agora é hora de repassar o bastão a vocês. Histórias **não** terminam com os escritores, por mais que eles tenham dado início à corrida. Aqui está o que Siobhan e eu criamos. Então vamos lá. Sigamos em frente.

Façamos um auê.

PATRICK NESS
LONDRES, FEVEREIRO DE 2011

Para Siobhan

Você só é jovem uma vez, dizem, mas não demora muito para passar? Mais do que o suportável.

Hilary Mantel, *An Experiment in Love*

O CHAMADO DO MONSTRO

O monstro apareceu logo depois da meia-noite. Como eles sempre fazem.

Conor estava acordado quando ele apareceu.

Ele teve um pesadelo. Bom, não *um* pesadelo. *O* pesadelo. O pesadelo que ele andava tendo muito ultimamente. Aquele com a escuridão e o vento e os gritos. Aquele com as mãos escorregando, por mais que ele as tentasse segurar. Aquele que sempre terminava em...

— Vá embora — sussurrou Conor para a escuridão do quarto, tentando conter o pesadelo, impedir que ele o seguisse no mundo desperto. — Vá embora agora.

Ele olhou para o relógio que sua mãe tinha colocado sobre a mesinha de cabeceira. 00h07. Meia-noite e sete minutos. O que era tarde para uma noite com escola na manhã seguinte, certamente tarde para um domingo.

Ele não contou a ninguém sobre o pesadelo. Não para sua mãe, claro, mas para ninguém mais também, nem para o pai durante a ligação que acontecia a cada duas semanas (mais ou menos), *com certeza* não para sua avó, e para ninguém na escola. De jeito nenhum.

O que aconteceu no pesadelo foi algo de que ninguém mais precisava ficar sabendo.

No quarto, Conor piscou atordoado, depois fez uma cara feia. Algo estava lhe passando despercebido. Ele sentou-se na cama, despertando um pouco mais. O pesadelo lhe estava escapando, mas havia algo que ele não conseguia identificar, algo diferente, algo...

Ele ficou ouvindo, tentando ultrapassar o silêncio, mas tudo o que escutava era a casa tranquila ao redor dele, aqui e ali um estalar das escadas vazias ou algo se mexendo na cama do quarto ao lado, o quarto da mãe.

Nada.

E, então, algo. Algo que ele percebeu que foi o que o acordou.

Alguém estava chamando seu nome.

Conor.

Ele sentiu uma pontada de pânico, o estômago se revirando. Será que o pesadelo o havia seguido? Será que o grito tinha dado um jeito de escapar do pesadelo e...?

— Não seja estúpido — disse para si mesmo. — Você está velho demais para acreditar em monstros.

E estava mesmo. Ele completou treze anos no mês passado. Monstros eram coisa de bebê. Monstros eram para quem fazia xixi na cama. Monstros eram para...

Conor.

Novamente. Conor engoliu em seco. Fazia um calor fora do normal em outubro, e as janelas de seu quarto ainda estavam abertas. Talvez as cortinas resvalando umas nas outras com a brisa fraca soassem como...

Conor.

Certo, não era o vento. Com certeza era uma voz, mas não uma voz que ele reconhecesse. Não era a voz de sua mãe, isso era claro. Não era nenhuma voz de mulher, e por um instante de loucura ele imaginou se o pai tinha feito uma viagem surpresa e ficou tarde demais para telefonar e...

Conor.

Não. Não era seu pai. Esta voz tinha algo de especial, um quê *monstruoso*, selvagem e indomado.

Então ele ouviu um ranger alto de madeira vindo lá de fora, como se algo gigantesco estivesse caminhando sobre o piso.

Ele não queria sair para ver. Mas, ao mesmo tempo, parte dele estava louca para olhar.

Todo desperto agora, Conor afastou os cobertores, saiu da cama e foi até a janela. Sob a luz fraca da lua, ele via claramente a torre da igreja sobre a colina atrás da casa, a colina com a ferrovia dando a volta nela, duas linhas de aço brilhando debilmente ao luar. A lua brilhava também sobre o cemitério ao lado da igreja, cheio de túmulos em que mal se podiam ler os nomes.

Conor também via o enorme teixo que crescia no meio do cemitério, uma árvore tão velha que quase parecia feita das mesmas pedras da igreja. Ele só sabia que era um teixo porque sua mãe lhe contou, primeiro quando ele era pequeno, para ter certeza de que ele não comeria os frutos venenosos, e depois no ano passado, quando ela começou a aparecer na janela da cozinha com uma cara estranha, dizendo:

— Aquilo é um teixo, sabia?

E foi então que ele ouviu seu nome mais uma vez.

Conor.

Como se lhe sussurrassem nos ouvidos.

— *O quê?* — disse Conor, o coração batendo forte, de repente impaciente com o que quer que fosse acontecer.

Uma nuvem passou diante da lua, lançando escuridão por toda a paisagem, e uma lufada de vento desceu pela colina e entrou em seu quarto, soprando as cortinas. Ele ouviu o ranger da madeira novamente, um gemido como se fosse um ser vivo, como o estômago faminto do mundo roncando por comida.

Então a nuvem passou e a lua brilhou novamente.

Sobre o teixo.

Que agora se erguia firme no meio de seu jardim dos fundos. E ali estava o monstro.

Sob o olhar de Conor, os galhos mais altos da árvore se reuniam formando um rosto enorme e horrível, com boca e nariz e até mesmo olhos que o espiavam, cintilantes. Outros galhos se entrelaçavam, sempre crepitando, sempre gemendo, até formarem dois enormes braços e uma segunda perna ao lado do tronco. O restante da árvore se arrumou na forma de uma espinha dorsal e depois de um torso, as folhas finas como agulhas se unindo para formar uma pele verde e peluda que se movia e respirava como se houvesse músculos e pulmões por baixo.

Já mais alto do que a janela de Conor, o monstro ganhou tamanho ao se recompor, adquirindo uma forma marcante, uma forma aparentemente forte e *poderosa*. Sem tirar os olhos de Conor nem por um só momento (o garoto era capaz de ouvir a respiração barulhenta e tempestuosa saindo-lhe da boca), ele pôs as mãos gigantescas nas laterais da janela, baixando a cabeça até que seus olhos imensos ocupassem toda a moldura, encarando Conor de maneira penetrante. A casa gemeu baixinho sob o peso do monstro.

E então o monstro falou.

— *Conor O'Malley* — disse, uma lufada de hálito quente e com cheiro de terra entrando pela janela de Conor, soprando em seus cabelos. A voz tremia, grave e ruidosa, criando uma vibração tão profunda que Conor conseguia senti-la no peito.

— *Vim pegá-lo, Conor O'Malley* — anunciou o monstro, empurrando a casa, derrubando os quadros da parede do quarto, mandando ao chão livros e aparelhos eletrônicos e o velho rinoceronte de pelúcia.

Um monstro, pensou Conor. Um monstro de verdade. Na vida real, de gente acordada. Não num sonho, mas aqui, na janela dele.

Um monstro que veio pegá-lo.

Mas Conor não correu.

Na verdade, ele descobriu que não estava nem mesmo assustado.

Tudo o que ele sentia, tudo o que *sentiu* desde que o monstro se revelou, foi uma decepção cada vez maior.

Porque este não era o monstro pelo qual Conor estava esperando.

— Então venha me pegar — disse ele.

Um silêncio estranho tomou conta da casa.

— *O que você disse?* — perguntou o monstro.

Conor cruzou os braços.

— Eu disse: venha me pegar.

O monstro parou por um instante e depois, com um rugido, bateu com os punhos na casa. O teto se entortou com o golpe e enormes rachaduras apareceram nas paredes. O vento encheu o quarto, o ar trovejando com os berros furiosos do monstro.

— Pode gritar quanto quiser — disse Conor, dando de ombros e sem aumentar a voz. — Já vi piores.

O monstro rugiu ainda mais alto e bateu com o braço contra a janela de Conor, quebrando o vidro, a madeira e os tijolos. Uma enorme mão ferida e retorcida pegou Conor pela barriga e o ergueu. Ela o tirou do quarto e, levando-o noite adentro, segurou-o no alto do jardim, contra a lua, os dedos tão apertados nas costelas do garoto que ele mal conseguia respirar. Conor podia ver dentes rangentes feitos de madeira dura, cheia de nós, na boca aberta do monstro, e sentiu o hálito quente soprando em sua direção.

Então o monstro parou novamente.

— *Você realmente não tem medo, não é?*

—Não — respondeu Conor. — Não de você.

O monstro estreitou os olhos.

— *Vai ter* — disse. — *Antes do fim.*

E a última coisa de que Conor se lembrava era da boca do monstro se abrindo para comê-lo vivo.

CAFÉ DA MANHÃ

— Mamãe? — perguntou Conor, entrando na cozinha. Ele sabia que ela não estaria ali (Conor não estava ouvindo o apito da chaleira, e a mãe sempre colocava água para ferver pela manhã), mas ultimamente se pegava perguntando muito por ela ao entrar nos cômodos da casa. Conor não queria assustá-la, no caso de ela ter adormecido onde não tivesse planejado.

Mas sua mãe não se encontrava na cozinha. O que significava que ela provavelmente ainda estava na cama. O que significava que Conor teria de preparar o café sozinho, algo que ele se acostumou a fazer. Tudo bem. Ótimo, na verdade, especialmente *esta* manhã.

Ele foi correndo até a lata de lixo e enfiou quase até o fundo o saco que carregava, cobrindo-o com outros lixos para que ele não ficasse tão evidente.

— Pronto — disse ele para ninguém, parando para respirar por um segundo. Então fez que sim com a cabeça e emendou:
— Agora, o café da manhã.

Um pouco de pão na torradeira, um pouco de cereais na tigela, um pouco de suco no copo e, pronto, ele já podia se sentar à mesinha da cozinha para comer. Sua mãe tinha o próprio pão e cereais comprados numa loja natureba da cidade, e Conor agradecia por não precisar comer aquilo também. O sabor era tão desagradável quanto a aparência.

Ele consultou o relógio. Vinte e cinco minutos antes que precisasse sair. Ele já estava com o uniforme da escola, a mochila preparada à espera dele junto à porta. Ele tinha feito tudo sozinho.

Conor se sentou de costas para a janela da cozinha, aquela sobre a pia que dava para o jardinzinho dos fundos, diante do trilho do trem e da igreja com seu cemitério.

E o teixo.

Conor comeu outra colherada de cereal. O barulho da mastigação era o único som na casa toda.

Foi um sonho. O que mais poderia ter sido?

Pela manhã, quando abriu os olhos, a primeira coisa que olhou foi a janela. Ela ainda estava ali, claro, sem nenhum estrago, sem nenhuma abertura para o jardim. *Claro* que foi um sonho. Só um bebê pensaria que aquilo realmente aconteceu. Só um bebê acreditaria que uma árvore — sério, uma árvore — desceu a colina e atacou a casa.

Conor riu um pouco ao pensar naquilo, na estupidez da ideia, e então saiu da cama.

E sentiu um rangido sob seus pés.

Cada centímetro do piso do quarto estava coberto por folhinhas afiadas de teixo.

Ele pôs outra colherada de cereal na boca, sem olhar para a lata de lixo, onde havia colocado o saco plástico cheio das folhas recolhidas do quarto pela manhã.

Foi uma noite de ventos fortes. O vento claramente soprou as folhas por sua janela aberta.

Claramente.

Conor terminou de comer o cereal e a torrada, bebeu o restante do suco e depois passou uma água nas louças, colocando-as na máquina. Ainda vinte minutos para sair. Ele achou melhor esvaziar a lata de lixo — menos arriscado assim — e levou o saco até a lixeira maior diante da casa. Como já estava fazendo aquilo mesmo, pegou o lixo reciclável e o pôs para fora também. Depois apanhou vários lençóis e os colocou na máquina de lavar, que ele penduraria no varal ao voltar da escola.

Retornou à cozinha e olhou para o relógio.

Ainda dez minutos para sair.

Ainda nenhum sinal de...

— Conor? — ouviu ele do alto da escada.

Ele suspirou longamente ao perceber que estava prendendo a respiração.

— Você tomou o café da manhã? — perguntou a mãe, apoiando-se na porta da cozinha.

— Sim, mamãe — respondeu Conor, a mochila na mão.

— Tem certeza?

— *Sim,* mamãe.

Ela olhou com ar de dúvida para o filho. Conor revirou os olhos.

— Torrada, cereal e suco — disse ele. — Coloquei a louça na máquina.

— E tirou o lixo — completou a mãe, baixinho, observando que ele deixara a cozinha bem limpa.

— Tem roupa na máquina também — falou Conor.

— Você é um bom menino — disse ela, e, apesar de sua mãe estar sorrindo, ele também percebia tristeza na voz dela. — Desculpe por não ter acordado.

— Tudo bem.

— É por causa desta nova sessão de...

— Está *tudo bem* — interrompeu Conor.

Ela parou, mas ainda sorria para o filho. Ela não tinha prendido o lenço na cabeça, e sua careca parecia macia e frágil sob a luz matinal, como a de um bebê. Conor sentiu uma pontada no estômago com essa visão.

— Foi você que eu ouvi à noite? — perguntou ela.

Conor ficou paralisado.

— Quando?

— Logo depois da meia-noite, acho — disse ela, ligando a chaleira. — Achei que estava sonhando, mas posso jurar que ouvi sua voz.

— Provavelmente eu falava dormindo — disse Conor.

— Provavelmente — concordou a mãe. Ela pegou uma caneca do armário perto da geladeira. — Esqueci de lhe dizer — continuou, calmamente. — Sua avó chega amanhã.

Conor encolheu os ombros.

— Ah, *mamãe.*

— Eu sei — disse ela. — Mas você não deveria fazer seu café todas as manhãs.

— *Todas* as manhãs? — repetiu Conor. — Quanto tempo ela ficará aqui?

— Conor...

— Não precisamos dela aqui...

— Você sabe como eu fico neste ponto dos tratamentos, Conor.

— Tudo tem dado certo até aqui...

— *Conor* — interrompeu a mãe, tão ríspida que aquilo pareceu surpreender os dois. Fez-se um longo silêncio. E então ela sorriu novamente, parecendo muito, muito cansada mesmo.

— Farei o possível para que essa situação seja breve, tá? — disse ela. — Sei que você não gosta de abrir mão do seu quarto, e sinto muito. Não pediria a ela se não precisasse, tudo bem?

Conor tinha de dormir no sofá sempre que sua avó os visitava. Mas não era isso. Ele não gostava da forma como sua avó *falava* com ele, como se fosse um funcionário sendo avaliado. Uma avaliação na qual ele se daria mal. Além disso, eles *sempre* conseguiram resolver as coisas até aqui, só os dois, por mais que os tratamentos a fizessem se sentir mal (era o preço a pagar pela melhora dela), então por quê...?

— Só algumas noites — continuou a mãe, como se pudesse ler os pensamentos dele. — Não se preocupe, sim?

Ele ficou mexendo no zíper da mochila, sem dizer nada, tentando pensar em outras coisas. E então se lembrou do saco de folhas que pusera na lata de lixo.

Talvez a vovó dormir em seu quarto não fosse a pior coisa que pudesse acontecer.

— Aí está o sorriso que tanto amo — comentou a mãe, pegando a chaleira que apitava. Então ela disse fingindo pavor: — Ela vai me trazer algumas das velhas *perucas* dela, acredita? — Ela passou a mão livre na careca. — Vou parecer uma Margaret Thatcher zumbi.

— Vou me atrasar — falou Conor, olhando o relógio.

— Certo, querido — disse ela, aproximando-se para beijá-lo na testa. — Você é um bom menino — repetiu. — Queria que você não tivesse de ser *tão* bonzinho.

Ao se dirigir para a escola, ele a viu levar o chá até a janela sobre a pia da cozinha e, ao abrir a porta da frente para sair, ouviu-a dizer:

— Lá está aquele velho teixo. — Como se falasse consigo mesma.

ESCOLA

Ele já sentia o sabor do sangue na boca ao se levantar. Tinha mordido a parte de dentro do lábio ao cair no chão, e era nisso que se concentrava agora ao ficar de pé, o sabor estranho e metálico que o fazia querer cuspir imediatamente, como se tivesse comido algo que não era comida.

Em vez disso, porém, Conor engoliu o sangue. Harry e seu bando teriam ficado em polvorosa se soubessem que ele estava sangrando. Ouvia Anton e Sully rindo atrás dele, sabia exatamente qual era a expressão de Harry, por mais que não pudesse vê-lo. Talvez pudesse até mesmo adivinhar o que Harry diria em seguida naquela voz calma e alegre que parecia imitar todos os adultos que você nunca vai querer conhecer na vida.

— Cuidado para não tropeçar — disse Harry. — Você pode cair.

Sim, ele tinha razão.

Nem sempre foi assim.

Harry era o Loirinho Maravilha, o preferido dos professores em todos os anos. O primeiro aluno a levantar a mão, o jogador mais rápido no campo de futebol, mas, fora isso, só mais um menino na turma de Conor. Eles nunca foram exatamente amigos — Harry não tinha amigos de verdade, só seguidores; Anton e Sully basicamente ficavam atrás dele e riam de tudo o que ele fazia —, mas tampouco eram inimigos. Conor até era capaz de se surpreender se Harry soubesse seu nome.

Em algum momento do ano passado, contudo, algo mudou. Harry começara a notar Conor, a procurar o olhar dele, a encará-lo com um divertimento distante.

Essa mudança não se deu depois que tudo começou a acontecer com a mãe de Conor. Não, foi mais tarde, quando Conor passou a ter o pesadelo, o pesadelo *de verdade,* não com aquela árvore estúpida, o pesadelo com os gritos e as quedas, o pesadelo do qual ele jamais deixaria outra pessoa ficar sabendo. Quando Conor começou a ter *aquele* pesadelo, foi aí que Harry o notou, como se uma marca secreta tivesse sido colocada nele e só Harry pudesse vê-la.

A marca que atraía Harry como um ímã atrai o ferro.

No primeiro dia do novo ano escolar, Harry fez com que Conor tropeçasse, derrubando-o na rua.

E foi assim que tudo começou.

E é assim que tudo continua.

Conor continuou de costas para as risadas de Anton e Sully. Passou a língua pela parte de dentro do lábio para ver o tamanho do estrago da mordida. Nada grave. Ele sobreviveria, se conseguisse entrar na escola sem que algo mais acontecesse.

Mas algo mais aconteceu.

— Deixe-o em paz! — ouviu Conor, estranhando o som. Virou-se e viu Lily Andrews enfiando sua cara furiosa na de Harry, o que só fez com que Anton e Sully rissem ainda mais.

— Seu poodle está aqui para salvá-lo — ironizou Anton.

— Só quero que seja uma luta justa — atacou Lily, as mechas balançando como as de um poodle, por mais que ela as prendesse com força atrás da cabeça.

— Você está sangrando, O'Malley — comentou Harry, ignorando calmamente Lily.

Conor levou a mão à boca tarde demais para conter uma gota de sangue escorrendo pelo canto.

22

— Ele vai ter que pedir um beijinho da mãe careca para sarar! — gralhou Sully.

O estômago de Conor se contraiu até virar uma bola de fogo, como um solzinho queimando por dentro, mas, antes que pudesse reagir, Lily o fez. Com um grito de revolta, ela empurrou um aparvalhado Sully nos arbustos, derrubando-o.

— Lillian Andrews! — soou a voz da desgraça do outro lado do jardim.

Todos paralisaram imediatamente. Até mesmo Sully parou de se levantar. A srta. Kwan, a supervisora, vinha enfurecida na direção deles, a carranca mais assustadora impressa em seu rosto como uma cicatriz.

— Eles que começaram, senhorita — disse Lily, já se defendendo.

— Não quero ouvir nada disso — falou a srta. Kwan. — Você está bem, Sullivan?

Sully olhou rapidamente para Lily, e então uma expressão de dor apareceu em seu rosto.

— Não sei, senhorita — respondeu ele. — Talvez eu precise ir para casa.

— Não exagere — disse a srta. Kwan. — Para minha sala, Lillian.

— Mas, senhorita, eles estavam...

— *Agora*, Lillian.

— Eles estavam rindo da mãe de Conor!

Isso fez com que todos parassem novamente, e o sol incandescente no estômago de Conor ganhou força, ficando prestes a comê-lo vivo (e, em sua mente, ele teve um vislumbre do pesadelo, do vento uivante, da escuridão em chamas).

Afastou-se.

— Isso é verdade, Conor? — perguntou a srta. Kwan, sua expressão séria como um sermão.

O sangue na língua de Conor o fazia querer vomitar. Ele olhou para Harry e seus comparsas. Anton e Sully pareciam preocupados, mas Harry só ficou olhando para ele, calmo e inabalado, como se estivesse verdadeiramente curioso para ouvir o que Conor tinha a dizer.

— Não, senhorita, não é verdade — respondeu Conor, engolindo o sangue. — Só caí. Eles estavam me ajudando a levantar.

Lily fez uma cara de surpresa e mágoa. Ficou boquiaberta, mas não disse nada.

— Entrem nas suas salas — ordenou a srta. Kwan. — Menos você, Lillian.

Lily continuou olhando para Conor enquanto a srta. Kwan a afastava, mas Conor deu as costas para ela.

Para dar de cara com Harry estendendo-lhe a mochila.

— Muito bem, O'Malley — falou Harry.

Conor não disse nada, só pegou rispidamente a mochila e entrou na escola.

HISTÓRIAS DE VIDA

Histórias, pensou Conor assustado ao voltar caminhando para casa.

As aulas tinham acabado e ele conseguiu escapar. Passou o dia todo evitando Harry e os outros, apesar de eles provavelmente saberem que era melhor não arriscar causando-lhe outro "acidente" logo depois de quase serem pegos pela srta. Kwan. Ele também evitou Lily, que voltara à aula com os olhos vermelhos e inchados, e uma carranca de dar medo. Quando o último sinal tocou, Conor saiu correndo, sentindo o peso da escola, de Harry e de Lily saindo de seus ombros ao abrir ruas e mais ruas de distância entre ele e tudo o mais.

Histórias, pensou ele de novo.

— *Suas* histórias — disse a sra. Marl na aula de inglês. — Não pensem que vocês não viveram o bastante para ter uma história a contar.

Ela chamou isso de *histórias de vida,* uma tarefa para eles escreverem sobre si mesmos. Suas árvores genealógicas, onde eles viviam, viagens e lembranças felizes.

Coisas importantes que aconteceram.

Conor arrumou a mochila no ombro. Ele era capaz de pensar em uma ou outra coisa que havia acontecido. Nada sobre o que ele gostaria de escrever. Seu pai os havia abandonado. O gato tinha fugido um dia sem nunca mais voltar.

A tarde em que sua mãe disse que eles precisavam ter uma conversinha.

Ele franziu a testa e continuou caminhando.

Mas aí então Conor também se lembrou do dia *anterior* àquele. Sua mãe o havia levado ao restaurante indiano preferido dele e deixou que ele pedisse quanto *vindaloo* quisesse. Então ela riu e disse:

— Ora bolas, por que não? — E pediu pratos e mais pratos para ela também. Eles começaram a soltar puns antes mesmo de voltarem ao carro. No caminho para casa, mal conseguiam falar de tanto rir disso.

Conor sorriu ao pensar naquilo. Porque *não foi* uma volta para casa. Foi uma ida surpresa ao cinema em uma noite com aula no dia seguinte, para verem um filme que Conor já tinha visto quatro vezes e que a mãe, sabia ele, já não aguentava mais ver. Mesmo assim, lá estavam eles, revendo o filme, ainda rindo um com o outro, comendo baldes de pipoca e bebendo litros de Coca-Cola.

Conor não era burro. No dia seguinte, quando eles tiveram a "conversinha", ele entendeu o que sua mãe tinha feito e por que o fizera. Mas nem isso conseguiu apagar a diversão daquela noite. As risadas juntos. A sensação de que tudo era possível. A sensação de que nem ficariam surpresos se algo de muito bom lhes acontecesse ali mesmo. Mas ele também não escreveria sobre *isso*.

— Ei! — Uma voz soando atrás dele o fez gemer. — Ei, Conor, espere!

Lily.

— Ei! — disse ela, alcançando-o e colocando-se diante dele para que Conor parasse ou passasse por cima dela. Ela estava sem fôlego, mas ainda parecia furiosa. — Por que você fez aquilo hoje? — perguntou.

— Deixe-me em paz — falou Conor, passando por ela.

— Por que você não contou à srta. Kwan o que realmente aconteceu? — persistiu Lily, seguindo-o. — Por que você me deixou ser punida?

— Por que você se intromete quando não é da sua conta?

— Estava tentando *ajudar você*.

— Não preciso da sua ajuda — declarou Conor. — Estava me saindo bem sozinho.

— Não estava! — retrucou Lily. — Você estava sangrando.

— Não é *da sua conta* — atacou Conor novamente, aumentando o passo.

— Levei um castigo *de uma semana* — reclamou Lily. — E um bilhete para mostrar aos meus pais.

— Não é problema meu.

— Mas você tem culpa.

Conor parou repentinamente e se virou para ela. Ele parecia com tanta raiva que Lily recuou, impressionada, quase como se estivesse com medo.

— A culpa é *sua* — emendou ele. — A culpa é *toda* sua.

Ele saiu correndo pela rua.

— Nós éramos amigos — gritou Lily atrás dele.

— Éramos — repetiu Conor, sem se virar.

Ele conhecia Lily fazia muito tempo. Desde que se entendia por gente, o que era basicamente a mesma coisa.

As mães deles eram amigas desde antes do nascimento de Conor e Lily, e Lily era como uma irmã morando em outra casa, principalmente quando uma ou outra mãe ficava cuidando deles. Ele e Lily, porém, eram apenas amigos, sem o tal envolvimento romântico pelo qual às vezes eram provocados na escola. De certa forma, era até difícil para Conor enxergar Lily como uma *menina*, pelo menos não da mesma forma como ele olhava para as outras garotas da escola. Como isso seria possível quando os dois fizeram o papel de ovelhinha do presépio, aos cinco anos? Quando ele sabia quanto ela cutucava o nariz? Quando *ela* sabia do tempo que ele passou tendo que dormir com a luz do quarto acesa depois que o pai foi embora de casa? Era apenas uma amizade normal como todas as outras.

Mas então a "conversinha" da sua mãe aconteceu e o que houve em seguida foi simples e repentino.

Ninguém sabia.

Então a mãe de Lily ficou sabendo, claro.

E então Lily ficou sabendo.

E todos ficaram sabendo. Todos. O que mudou o mundo todo num único dia.

E ele jamais a perdoaria por isso.

Mais algumas ruas e lá estava sua casa, pequena mas aconchegante. Foi a única insistência de sua mãe durante o divórcio: a casa deveria ficar com eles livre de hipoteca para que não tivessem de se mudar depois que o pai de Conor fosse para os Estados Unidos com Stephanie, a nova esposa. Isso foi há seis anos; tanto tempo agora, que Conor às vezes nem se lembra de como era ter um pai em casa.

O que não significava que ele não pensasse no assunto.

Conor levantou a cabeça e vislumbrou a colina atrás da casa, a cúpula da igreja despontando no céu nebuloso.

E o teixo pairando sobre o cemitério como um gigante adormecido.

Conor se obrigou a continuar olhando para a árvore, forçando-se a ver que era apenas uma árvore, uma árvore como outra qualquer, como qualquer uma daquelas às margens da ferrovia.

Uma árvore. Só isso. Sempre foi *apenas* isso. Uma árvore.

Uma árvore que, enquanto ele observava, adquiriu um rosto enorme e o encarava sob a luz do sol, seus braços estendidos, a voz dizendo: *Conor...*

Ele recuou tão rápido que quase caiu na rua, segurando-se no capô de um carro ali estacionado.

Ao levantar a cabeça, ela era apenas uma árvore novamente.

TRÊS HISTÓRIAS

Ele ficou deitado na cama naquela noite, totalmente desperto, observando o relógio no criado-mudo.

Foi um anoitecer muito lento. Preparar a lasanha congelada tinha deixado sua mãe tão cansada que ela adormeceu cinco minutos depois de começar a assistir a *EastEnders*. Conor odiava o programa, mas teve o cuidado de gravá-lo; depois, jogou um edredom sobre ela e foi lavar a louça.

O celular de sua mãe tocou, sem acordá-la. Conor viu que era a mãe de Lily ligando e deixou cair na caixa-postal. Ele fez a lição de casa na mesa da cozinha, parando antes de chegar à tarefa das Histórias de Vida da srta. Marl. Em seguida, no quarto, navegou na internet por um tempo antes de escovar os dentes e ir se deitar. Mal tinha apagado a luz quando sua mãe entrou pedindo desculpas — muito grogue — e lhe deu um beijo de boa-noite.

Poucos minutos mais tarde, ele a ouviu no banheiro, vomitando.

— Precisa de ajuda? — perguntou ele da cama.

— Não, querido — respondeu a mãe, fraca. — Já estou meio acostumada com isso agora.

Aí é que está. Conor também já estava acostumado. Sempre o segundo ou terceiro dia depois do início do tratamento era o pior, sempre os dias em que ela se sentia mais cansada, em que mais vomitava. Isso quase tinha se tornado normal.

Depois de um tempo, o vômito cessou. Ele ouviu a luz do banheiro sendo desligada e a porta do quarto dela se fechando.

Isso foi há duas horas. Ele não pregou os olhos desde então, deitado, esperando.

Mas pelo quê?

No relógio ao lado da cama via-se 00h05. Depois, 00h06. Ele olhou para a janela do quarto, que estava bem fechada apesar da noite quente. O relógio marcou 00h07.

Conor se levantou, foi até a janela e olhou para fora.

O monstro estava no seu jardim, encarando-o.

— *Abra* — disse o monstro, a voz clara como se a janela não os separasse. — *Quero falar com você.*

— Ah, sim, claro — disse Conor, falando baixinho. — Porque é o que monstros sempre querem. *Conversar.*

O monstro sorriu. Era uma noite horrível. — *Se eu tiver de entrar à força* — continuou ele —, *eu o farei de bom grado.*

Ele ergueu o punho nodoso para abrir caminho pela parede do quarto de Conor.

— Não! — exclamou o garoto. — Não quero que você acorde minha mãe.

— *Então saia*, disse o monstro, e, até mesmo no seu quarto, Conor sentiu o cheiro forte e úmido de terra, madeira e seiva.

— O que você quer de mim? — perguntou Conor.

O monstro colocou o rosto contra a janela.

— *Não se trata do que quero de você, Conor O'Malley* — disse. — *É o que **você** quer de **mim**.*

— Não quero nada de você — falou Conor.

— *Ainda não* — emendou o monstro. — *Mas vai querer.*

— É só um sonho — disse Conor para si mesmo no jardim, olhando para a silhueta do monstro contra o luar no céu escuro. Ele cruzou os braços, não porque estivesse com frio, e sim porque realmente não acreditava que descera as escadas na ponta dos pés, abrira a porta dos fundos e saíra para a noite.

Ele ainda se sentia calmo. O que era estranho. Este pesadelo — porque claramente era um pesadelo — era muito diferente do outro.

Nada de terror, nada de pânico, nada de escuridão.

Ainda assim, lá estava o monstro, claro como a noite mais límpida, erguendo-se a dez ou quinze metros, respirando pesadamente no ar noturno.

— É só um sonho — repetiu ele.

— *Mas o que é um sonho, Conor O'Malley?* — perguntou o monstro, abaixando-se para que seu rosto ficasse próximo ao do menino. — *Quem pode dizer que a vida real é que não é um sonho?*

Sempre que o monstro se movia, Conor ouvia o ranger da madeira, gemendo e se expandindo em seu corpanzil. Via também a força nos braços do monstro, enormes galhos constantemente se retorcendo e se mexendo ao mesmo tempo no que devia ser o músculo arbóreo, conectado a um tronco gigantesco que servia como tórax, encimado por uma cabeça e dentes capazes de mastigá-lo numa única mordida.

— O que é você? — perguntou Conor, os braços bem apertados contra o corpo.

— *Não sou um "o quê"* — emendou o monstro, fazendo uma cara feia. — *Sou um "quem".*

— Quem é você, então? — consertou Conor.

O monstro arregalou os olhos. — *Quem sou eu?* — repetiu ele, a voz mais alta. — ***Quem sou eu?***

O monstro parecia crescer diante dos olhos de Conor, ficando mais alto e largo. Um vento repentino e forte soprou ao redor deles e o monstro abriu os braços, tanto que eles pareciam alcançar horizontes opostos, tanto que pareciam grandes o bastante para envolver o mundo.

— *Tive tantos nomes quanto os anos do tempo!* — rugiu o monstro. — *Sou Herne, o Caçador! Sou Cernunnos! Sou o eterno Homem Verde!*

Um braço enorme desceu e segurou Conor, erguendo-o no ar, o vento soprando ao redor deles, fazendo com que a pele folhosa do monstro ondulasse furiosamente.

— *Quem sou eu?* — repetiu o monstro, ainda rugindo. — *Sou a coluna na qual as montanhas se apoiam! Sou as lágrimas que os rios choram! Sou os pulmões que sopram o vento! Sou o lobo que mata a lebre, o falcão que mata o rato, a aranha que mata a mosca! Sou a lebre, o rato e a mosca comidos! Sou a serpente do mundo devorando a própria cauda! Sou o tudo indomado e indomável!* — O monstro aproximou Conor dos próprios olhos. — *Sou a terra selvagem vindo atrás de você, Conor O'Malley.*

— Você parece uma árvore — falou Conor.

O monstro o apertou até que ele soltasse um grito.

— *Nem sempre venho caminhando, menino* — disse o monstro —, *só para casos de vida ou morte. Espero que você me ouça.*

O monstro afrouxou o punho para que Conor pudesse respirar novamente.

— E o que você quer *comigo*? — perguntou Conor.

O monstro abriu um sorriso maldoso. O vento se aquietou e fez-se silêncio. — *Finalmente* — disse o monstro. — *Ao assunto. O motivo para eu vir caminhando.*

Conor ficou tenso, de repente com medo do que viria.

— *Eis aqui o que vai acontecer, Conor O'Malley* —, continuou o monstro. — *Eu virei a seu encontro novamente nas próximas noites.*

Conor sentiu seu estômago se revirar, como se estivesse se preparando para um soco.

— *E lhe contarei três histórias. Três narrativas das vezes que já caminhei.*

Conor fechou os olhos com força. E os abriu novamente.

— Você vai me contar *histórias?*

— *Isso mesmo* — confirmou o monstro.

— Bom... — Conor olhou em volta, sem acreditar. — Este é um pesadelo e tanto!

— *Histórias são o que há de mais selvagem* — disse o monstro com um estrondo. — *Histórias perseguem, mordem e caçam.*

— Isso é o que *professores* sempre dizem — falou Conor. — Ninguém acredita neles também.

— *E, quando eu terminar minhas três histórias* — continuou o monstro, como se Conor não tivesse dito nada —, *você me contará a quarta.*

Conor se contorceu na mão do monstro.

— Não sou bom com histórias.

— *Você me contará a quarta história* — repetiu o monstro —, *e ela será a verdade.*

— A verdade?

— *Não apenas qualquer verdade.* **Sua** *verdade.*

— Ah, certo — falou Conor. — Mas você disse que eu morreria de medo antes do fim de tudo isso, e isso não parece nada assustador.

— *Você sabe que não é verdade* — disse o monstro. — *Você sabe que sua verdade, a verdade que você esconde, Conor O'Malley, é o que você mais teme.*

Conor parou de se contorcer.

Isso não significava que...

Não tinha como isso significar que...

Não era possível que ele soubesse *daquilo*.

Não. *Não*. Ele *jamais* diria o que acontecia no pesadelo de verdade. Nem em um milhão de anos.

— *Você vai contar* — disse o monstro. — *Porque foi para isso que você me chamou.*

Conor ficou ainda mais confuso.

— *Eu chamei você? Eu não chamei você...*

— *Você me contará a quarta história. Você vai me contar a verdade.*

— E se eu não contar? — perguntou Conor.

O monstro abriu um sorriso malvado novamente. — *Então eu o comerei vivo.*

E sua boca se abriu o bastante para poder comer o mundo inteiro, o bastante para fazer Conor desaparecer para sempre...

Ele se sentou na cama com um grito.

Sua cama. Ele estava de volta a sua cama.

Claro que foi um sonho. *Claro* que foi. *De novo.*

Ele suspirou com raiva e esfregou os olhos com as costas das mãos. Como ele conseguiria descansar com sonhos assim tão cansativos?

Ele iria beber água, pensou ao afastar as cobertas. Conor se levantaria e recomeçaria a noite, esquecendo-se do maldito sonho que não fazia sentido alg...

Sentiu algo esguichar sob seus pés.

Ele acendeu o abajur. O chão estava recoberto por frutinhas de teixo, vermelhas e venenosas.

Que deram um jeito de entrar ali por uma janela fechada no trinco.

AVÓ

— Você está sendo um bom menino para sua mãe?

A avó de Conor beliscou suas bochechas com tanta força que ele jurou que ela tiraria seu sangue.

— Ele tem sido *muito* bom, mãe — interveio a mãe de Conor, piscando para ele por trás da avó, o lenço azul em volta da cabeça.

— Então não é preciso lhe causar muita dor.

— Ah, que bobagem! — exclamou a avó, dando-lhe em cada bochecha dois tapinhas que realmente doeram bastante. — Por que você não vai colocar água na chaleira para mim e para sua mãe? — falou ela, dando a entender que não era uma sugestão.

Enquanto Conor saía feliz do ambiente, a avó colocou as mãos na cintura e olhou para a filha.

— E então, querida. — Ele a ouviu dizer ao entrar na cozinha.

— O que *vamos* fazer com você?

A avó de Conor não era como as outras avós. Ele vira a avó de Lily várias vezes, e *ela* era uma avó normal: enrugadinha e sorridente, com cabelos brancos e tudo o mais. Ela preparava refeições com três porções distintas de legumes cozidos para todos e ficava rindo num cantinho durante a festa de Natal com uma tacinha de vinho e uma coroa de papel na cabeça.

Já a avó de *Conor* usava calças feitas sob medida, pintava os cabelos para esconder os fios grisalhos e dizia coisas que não faziam nenhum sentido, como "os sessenta são os novos cinquenta" ou "carros clássicos precisam de um polimento mais caro". O que ela queria dizer com isso? Ela mandava cartões de aniversário por e-mail, discutia com os garçons por causa do vinho e tinha *um emprego*. A casa dela era ainda pior, cheia de coisas velhas e caras que não se podiam tocar, como um relógio que nem a faxineira podia limpar. Aliás, outra coisa: que tipo de avó tinha faxineira?

— Dois torrões de açúcar, sem leite — gritou ela da sala, enquanto Conor preparava o chá. Como se ela não tivesse dito a mesma coisa das últimas três mil vezes que os visitara.

— Obrigada, meu menino — agradeceu sua avó quando Conor chegou com o chá.

— Obrigada, querido — disse sua mãe, sorrindo para ele sem que a avó visse, ainda o convidando para se juntar a ela contra a própria mãe. Ele não conseguiu se segurar e sorriu de volta.

— E como foi a escola hoje, meu jovem? — perguntou a avó.

— Tudo bem — respondeu Conor.

Não tinha sido tudo bem. Lily ainda estava com raiva, Harry pôs uma caneta sem tampa no fundo da mochila de Conor e a srta. Kwan o chamou para perguntar, com uma cara séria, "Como Ele Estava Aguentando as Pontas".

— Sabe de uma coisa? — disse sua avó, deixando a xícara de lado. — Perto de minha casa há uma maravilhosa escola particular só para rapazes. Dei uma olhada e os padrões acadêmicos são bem elevados, muito mais elevados que os da sua escola, tenho certeza.

Conor a encarou. Porque esse era outro motivo para ele não gostar das visitas da avó. O que ela tinha acabado de dizer podia ser um sinal de atitude esnobe para com a escola local dele.

Ou podia ser mais. Podia ser um indício do futuro.

Do *depois*.

Conor sentiu a raiva subindo-lhe do fundo do estômago...

— Ele está feliz onde está, mamãe — disse sua mãe, rapidamente, lançando-lhe outro olhar. — Não é, Conor?

Conor rangeu os dentes e respondeu:

— Estou muito bem onde estou.

O jantar foi comida chinesa entregue em casa. A avó de Conor "não sabia cozinhar direito". Essa era a verdade. Sempre que ele a visitava, sua geladeira tinha pouco mais do que um ovo e metade de um abacate. Sua mãe ainda estava cansada demais para cozinhar, e, ainda que Conor pudesse preparar algo, essa possibilidade aparentemente não passou pela cabeça da avó.

Restou-lhe limpar a sujeira, e ele enfiava as embalagens no mesmo saco de frutinhas venenosas escondido no fundo da lata de lixo quando sua avó surgiu por detrás.

— Você e eu precisamos ter uma conversa, meu menino — anunciou ela, impedindo a passagem dele pela porta.

— Tenho nome, sabia? — lembrou Conor, fechando a lata de lixo. — E não é *meu menino*.

— Mais respeito! — disse sua avó. Ela ficou ali, de braços cruzados. Ele a encarou por um instante. Ela o encarou de volta. Então ela foi direta: — Não sou sua inimiga, Conor — declarou. — Estou aqui para ajudar sua mãe.

— Sei por que você está aqui — retrucou ele, pegando um pano de prato para limpar a bancada já limpa.

Sua avó se aproximou e tirou o pano das mãos dele.

— Estou aqui porque meninos de treze anos não deveriam estar limpando bancadas sem que isso fosse pedido.

Ele a encarou de volta.

— *Você* vai limpar?

— Conor...

— Vá embora — falou ele. — Não precisamos de você aqui!

— Conor — disse ela com mais firmeza. — Precisamos conversar sobre o que vai acontecer.

— Não, não precisamos. Ela *sempre* fica enjoada depois dos tratamentos. Ela vai melhorar amanhã. — Fitou-a, furioso. — E então *você* pode voltar para casa.

A avó olhou para o teto e suspirou. Então levou as mãos ao rosto e ele se surpreendeu ao ver que ela estava com raiva, raiva *de verdade*.

Mas talvez não dele.

Ele pegou outro pano e começou a limpar de novo, só para não ter de olhar para a avó. Limpou até a pia e olhou pela janela.

O monstro estava no jardim, grande como o sol poente.

Observando-o.

— Ela vai *parecer* melhor amanhã — disse sua avó, a voz rouca. — Mas não vai estar, Conor.

Bom, isso estava errado. Ele virou-se novamente para a avó.

— Ela está melhorando com os tratamentos — emendou. — Por isso é que ela se submete a eles.

A avó só ficou olhando para ele por um tempo, como se estivesse pensando em algo.

— Você precisa conversar com ela sobre isso, Conor — disse, finalmente. Depois acrescentou, como se falasse consigo mesma: — Ela precisa conversar sobre isso com *você*.

— Conversar comigo sobre o quê? — perguntou Conor.

A avó cruzou os braços.

— Sobre você vir morar comigo.

Conor fez uma cara feia e, por um instante, toda a cozinha pareceu ficar mais escura, por um instante pareceu que a casa inteira tremia, por um instante foi como se ele pudesse se abaixar e arrancar o piso da terra escura.

Ele fechou os olhos com força. Sua avó ainda esperava por uma resposta.

— Não vou morar com você — declarou ele.

— Conor...

— *Nunca* vou morar com você.

— Sim, você vai — retrucou ela. — Sinto muito, mas vai. E sei que ela está tentando proteger você, mas acho que é muito importante que saiba que, quando isso tudo terminar, você terá uma casa, meu menino. Com alguém que vai amá-lo e cuidar de você.

— Quando isso tudo terminar — repetiu Conor, com ódio em sua voz —, você vai embora e ficaremos bem.

— Conor...

E então os dois ouviram da sala:

— Mamãe? *Mamãe?*

A avó saiu tão rápido da cozinha que Conor deu um salto, surpreso. Ele podia ouvir sua mãe tossindo e sua avó dizendo:

— Está tudo bem, querida, tudo bem, shh, shh, shh.

Ele olhou pela janela da cozinha no caminho para a sala.

O monstro tinha desaparecido.

A avó estava no sofá, abraçada à mãe dele, esfregando-lhe as costas enquanto ela vomitava num baldezinho que mantinham ali por perto, para o caso de necessidade.

A avó olhou para ele, mas a expressão dela era séria e totalmente incompreensível.

A SELVAGERIA DAS HISTÓRIAS

A casa estava às escuras. A avó tinha finalmente levado a mãe de Conor para a cama. Foi até o quarto dele e fechou a porta, sem perguntar se ele queria isso antes de ela mesma ir dormir.

Conor ficou acordado no sofá. Não achava que fosse conseguir dormir, não com as coisas que a avó tinha dito, não com o aspecto de sua mãe naquela noite. Fazia três dias que ela iniciara o tratamento, mais ou menos quando ela geralmente começava a se sentir melhor, mas ela ainda estava vomitando, ainda estava exausta, bem distante do que deveria...

Ele afastou os pensamentos de sua mente, mas eles voltaram, e Conor teve de espantá-los novamente. Ele deve ter cochilado, mas só soube mesmo que tinha dormido quando veio o pesadelo.

Não a árvore. O *pesadelo*.

Com o vento rugindo, o chão tremendo e as mãos segurando forte, mas ainda escorregando, com Conor usando toda a força dele, e mesmo assim insuficiente, com a pegada se soltando, com a queda, com o *grito*...

— NÃO! — gritou Conor, o terror seguindo-lhe no despertar, grudando-lhe no peito com tanta força que era como se ele não pudesse respirar, a garganta se fechando, os olhos cheios de água.

— Não — repetiu ele, mais baixo.

A casa estava em silêncio e às escuras. Ele ficou ouvindo por um instante, mas nada se mexeu, nenhum som de sua mãe ou da avó. Estreitou os olhos na escuridão para ver o relógio no aparelho de DVD.

00h07. Claro.

Esforçou-se para ouvir no silêncio. Mas nada aconteceu. Ele não ouviu seu nome, não ouviu o ranger da madeira.

Talvez a árvore não viesse esta noite.

00h08, dizia o relógio.

00h09.

Sentindo uma leve raiva, Conor se levantou e foi até a cozinha. Olhou pela janela.

O monstro estava no jardim dos fundos.

— *Por que você demorou tanto?* — perguntou ele.

— *Já é hora de eu lhe contar a primeira história* — disse o monstro.

Conor não saiu da cadeira de jardim, onde tinha se sentado depois de sair de casa. Estava com as pernas junto ao peito e o rosto apoiado nos joelhos.

— *Está ouvindo?* — perguntou o monstro.

— Não — respondeu Conor.

Mais uma vez, sentiu o ar girar violentamente ao seu redor. — *Eu serei ouvido!* — começou o monstro. — *Estou vivo desde o surgimento desta terra e você prestará respeito a mim...*

Conor se levantou da cadeira e voltou para a porta da cozinha.

— *Aonde você acha que está indo?* — interpelou o monstro.

Conor deu meia-volta e sua expressão parecia tão furiosa, tão sofrida, que o monstro até se endireitou, as enormes sobrancelhas folhosas erguidas em sinal de surpresa.

— O que *você* sabe? — atacou Conor. — O que você sabe sobre *qualquer coisa?*

— *Sei sobre você, Conor O'Malley* — respondeu o monstro.

— Não, não sabe — retrucou Conor. — Senão, saberia que não tenho tempo para histórias estúpidas e entediantes contadas por uma árvore estúpida e entediante que nem deve ser de verdade...

— *Hã?* — falou o monstro. — *Você sonhou com as frutinhas no chão do seu quarto?*

— Quem se importa? — gritou Conor. — São apenas frutinhas. Oh, tão assustador. Ah, por favor, por favor, salve-me das *frutinhas*!

O monstro fitou-o, intrigado. — *Que estranho* — disse. — *As palavras que você usa me dizem que você tem medo das frutinhas, mas suas ações parecem sugerir o contrário.*

— Você é tão velho quanto a Terra e nunca ouviu falar de sarcasmo? — perguntou Conor.

— *Ah, ouvi falar, sim* — disse o monstro, colocando as enormes mãos de madeira na cintura. — *Mas as pessoas sabem que não devem falar assim comigo.*

— Por que você não me deixa *em paz*?

O monstro fez que não com a cabeça, mas não em resposta à pergunta de Conor. — *É bem incomum* — comentou. — *Nada que faço parece assustá-lo.*

— Você é apenas uma árvore — disse Conor, e não havia outra forma de pensar naquilo. Por mais que andasse e falasse, por mais que ele fosse maior do que sua casa e pudesse engoli-lo de uma só vez, o monstro ainda era, no fim das contas, apenas um teixo. Conor até podia ver mais frutinhas crescendo dos galhos nos cotovelos da árvore.

— *E você tem coisas piores das quais sentir medo* — disse o monstro, mas não como uma pergunta.

Conor olhou para o chão, depois para a lua, para qualquer lugar, menos para os olhos do monstro. A sensação do pesadelo se apossando dele, transformando tudo ao seu redor em escuridão, fazendo tudo parecer pesado e impossível, como se lhe pedissem que erguesse uma montanha com as próprias mãos e não o deixassem ir embora antes que o fizesse.

— Acho que sim — disse, mas teve de tossir antes de voltar a falar. — Mais cedo vi você me observando quando discutia com minha avó e pensei que...

— *No que você pensou?* — perguntou o monstro sem deixar Conor terminar de falar.

43

— Esqueça — falou Conor, voltando para casa.

— *Você achou que eu estava aqui para ajudá-lo* — disse o monstro.

Conor parou.

— *Você achou que eu tinha vindo para derrotar seus inimigos. Matar seus dragões.*

Conor ainda não olhava para o monstro. Mas tampouco voltava para dentro de casa.

— *Você achou que era verdade quando eu disse que você tinha me chamado, que foi por sua causa que vim andando. Não foi?*

Conor se virou.

— Mas tudo o que você quer fazer é me contar *histórias* — disse ele, sem conseguir esconder a decepção na voz, porque *era* verdade. Ele tinha pensado aquilo. Ele *esperava* por aquilo.

O monstro se ajoelhou para que seu rosto ficasse perto do de Conor. — *Histórias de como derrotei inimigos* — disse. — *Histórias de como matei dragões.*

Conor fechou e abriu os olhos diante da expressão do monstro.

— *Histórias são criaturas selvagens* — afirmou o monstro. — *Quando você as solta, quem sabe o que podem causar?*

O monstro levantou a cabeça e Conor acompanhou seu olhar. Ele mirava a janela do quarto de Conor. O quarto onde sua avó agora dormia.

— *Deixe-me lhe contar uma história sobre quando comecei a caminhar* — disse o monstro. — *Deixe-me lhe narrar o fim de uma rainha enfeitiçada e como garanti que ela jamais fosse vista novamente.*

Conor engoliu em seco e voltou a encarar o monstro.

— Continue — pediu ele.

A PRIMEIRA HISTÓRIA

— *Há muito tempo* — disse o monstro —, *antes que nesta cidade houvesse estradas, trens e carros, este era um lugar verdejante. Árvores cobriam todas as colinas e margeavam todos os caminhos. Elas sombreavam todos os riachos e protegiam todas as casas, porque havia casas aqui na época, feitas de rochas e terra.*

Isto era um reino.

— O quê? — falou Conor, olhando para o jardim. — *Aqui?*

Curioso, o monstro tombou a cabeça para ele. — *Você nunca ouviu falar disso?*

— Um reino aqui ao redor, não — respondeu Conor. — Não temos nem um McDonald's.

— *Ainda assim* — continuou o monstro —, *era um reino, pequeno, mas feliz, porque o rei era apenas um rei, um homem cuja sabedoria foi arduamente adquirida. Sua esposa deu à luz quatro filhos fortes, mas o rei teve de travar batalhas para preservar a paz durante seu reinado. Batalhas contra gigantes e dragões, batalhas contra lobos negros de olhos vermelhos, batalhas contra exércitos de homens liderados por grandes magos.*

Essas batalhas garantiram a manutenção das fronteiras do reino e trouxeram paz para a terra. Mas a vitória teve um preço. Um a um, os quatro filhos do rei foram mortos. Pelo fogo de um dragão ou pelas mãos de um gigante ou pelos dentes de um lobo ou pela lança de um homem. Um a um, os quatro príncipes do reino pereceram, deixando o rei com apenas um herdeiro. Seu neto ainda bebê.

45

— Tudo isso parece um conto de fadas — comentou Conor, desconfiado.

— *Você não diria isso se ouvisse os gritos de um homem morto por uma lança* — retrucou o monstro. — *Ou seus gritos de terror ao ser destroçado por lobos. Agora, cale-se.*

Enquanto isso, a esposa do rei sucumbiu à dor da perda, assim como a mãe do jovem príncipe. O rei ficou apenas na companhia da criança, e também de muito mais tristeza do que um homem é capaz de suportar.

"Tenho de me casar novamente", concluiu o rei. "Para o bem do meu príncipe e do meu reino, e até para o meu próprio bem."

E ele se casou de novo, com uma princesa de um reino próximo, uma união de conveniência que fortalecia os dois reinos. Ela era jovem e bela e, apesar de sua expressão ser um pouco séria e ter a língua um pouco afiada, ela parecia fazer o rei feliz.

O tempo passou. O jovem príncipe cresceu até ser quase um homem, a dois anos de completar seu décimo oitavo aniversário, o que lhe permitiria assumir o trono com a morte do velho rei. Foram dias felizes para o reino. As batalhas tinham cessado e o futuro parecia garantido nas mãos do jovem e corajoso príncipe.

Mas um dia o rei adoeceu. Começaram a se espalhar rumores de que ele fora envenenado pela nova esposa. Circulavam histórias de que ela invocara espíritos dos mortos para se fazer mais jovem do que realmente era e que, sob seu rosto juvenil, se escondia a carranca de uma velha. Ninguém a perdoaria por ter envenenado o rei, apesar de ele implorar a seus súditos, até o fim, que não a culpassem.

E então ele morreu um ano antes de seu neto ter idade suficiente para assumir o trono. A rainha, a "vodrasta" dele, tornou-se regente em seu lugar, e cuidaria das questões de Estado até que o príncipe tivesse idade para assumir.

No começo, para a surpresa de muitos, o reinado dela foi bom. Seu semblante — a despeito dos rumores — era jovem e agradável, e ela trabalhava para reinar como o rei morto.

O príncipe, enquanto isso, se apaixonara.

— Eu *sabia!* — murmurou Conor. — Essas histórias sempre têm príncipes idiotas que se apaixonam. — Ele começou a andar em direção à casa. — Achei que essa história seria *boa.*

Com um movimento ágil, o monstro segurou Conor pelos tornozelos com a mão comprida e forte e virou-o de cabeça para baixo, segurando-o no ar até a camiseta lhe cobrir a cabeça e seu coração bater dentro do crânio.

— *Como eu estava dizendo* — continuou o monstro.

— *O príncipe se apaixonara. Ela era a filha única de um fazendeiro, mas era linda e também inteligente, como as filhas de fazendeiros precisam ser, porque fazendas são um negócio complicado. O reino aprovou o novo casal.*

*A rainha, contudo, não aprovou. Ela gostara de seu tempo como regente e sentiu uma estranha relutância em abandonar aquilo. Começou a pensar que talvez fosse melhor se a coroa ficasse na família, para que o reino fosse governado por pessoas sábias o bastante, e que solução melhor para isso do que o príncipe se casar com **ela**?*

— Isso é nojento! — exclamou Conor, ainda de cabeça para baixo. — Ela era a avó dele!

— *"Vodrasta"* — corrigiu o monstro. — *Sem parentesco direto e, em todo caso, uma mulher jovem.*

Conor fez que não com a cabeça, os cabelos balançando no ar. — Isso não é nada certo. — Ele parou por um instante. — Pode ao menos me pôr no chão?

O monstro o colocou no chão e continuou a história.

— *O príncipe também achou que se casar com a rainha não era nada certo. Ele disse que morreria antes de fazer tal coisa. Jurou fugir com a bela filha do fazendeiro e voltar no seu décimo oitavo aniversário para libertar seu povo da tirania da rainha. E, assim, certa noite, o príncipe e a filha do fazendeiro fugiram a cavalo, parando apenas ao anoitecer para dormir à sombra de um gigantesco teixo.*

— Você? — perguntou Conor.

— *Eu* — respondeu o monstro. — *Mas também apenas parte de mim. Posso assumir qualquer forma, de qualquer tamanho, mas o teixo é a forma mais agradável.*

O príncipe e a filha do fazendeiro se abraçavam enquanto a noite avançava. Eles juraram permanecer castos até que pudessem se casar em outro reino, mas a paixão se apossou deles e não demorou muito para dormirem nus um nos braços do outro.

Eles passaram o dia dormindo à sombra dos meus galhos e a noite caiu novamente. O príncipe acordou. "Acorde, minha amada", sussurrou ele para a filha do fazendeiro. "Porque viajaremos até o dia em que seremos marido e mulher."

Mas sua amada não acordou. Ele a balançou e só quando ela caiu mole sob o luar é que ele notou o sangue manchando o chão.

— Sangue? — perguntou Conor, mas o monstro continuou falando.

— O príncipe também viu sangue cobrindo as próprias mãos e notou uma faca ensanguentada na grama ao lado deles, apoiada contra as raízes da árvore. Alguém tinha assassinado sua amada e o fizera de tal modo que parecia que o príncipe é que tinha cometido o crime.

"A rainha!", gritou o príncipe. "A rainha é a responsável por esta traição!"

Ao longe, ele ouvia aldeões se aproximando. Se o encontrassem, veriam a faca e o sangue e o chamariam de assassino. Eles o matariam por causa desse crime.

— E a rainha poderia governar tranquilamente — disse Conor, fazendo um som enojado. — Espero que esta história termine com você arrancando a cabeça dela.

— Não havia para onde o príncipe fugir. Seu cavalo fugira enquanto ele dormia. O teixo era seu único refúgio.

E também o único lugar onde ele poderia pedir ajuda.

Ora, o mundo era jovem naquela época. A barreira entre as coisas era menor, mais fácil de transpor. O príncipe sabia disso. E ele ergueu a cabeça para o grande teixo e falou:

O monstro fez uma pausa.

— O que ele disse? — perguntou Conor.

— O bastante para me fazer caminhar — respondeu o monstro.

— Conheço injustiça quando a vejo.

O príncipe correu rumo aos aldeões que se aproximavam. "A rainha assassinou minha esposa!", gritou ele. "A rainha deve ser detida!"

Os rumores sobre a maldade da rainha circulavam há tempos, e o jovem príncipe era tão amado pelo povo que não tardou para enxergar a verdade. Tardou menos ainda para avistar o Grande Homem Verde caminhando atrás do príncipe, alto como as colinas, rumo à vingança.

Conor olhou novamente para os enormes braços e pernas do monstro, para sua boca enrugada e cheia de dentes, e para sua avassaladora *monstruosidade*. Imaginou no que deve ter pensado a rainha ao vê-lo se aproximando.

Ele sorriu.

— *Os súditos correram para o castelo com tanta raiva que as pedras das muralhas desmoronaram. As fortificações caíram e os tetos desabaram e, quando a rainha foi encontrada em seus aposentos, a multidão a atacou e a arrastou até a fogueira onde ela seria queimada viva.*

— Que bom — disse Conor, sorrindo. — Ela mereceu. — Ele olhou para a janela do seu quarto, onde sua avó dormia. — Acho que você não pode me ajudar com ela, não é? — perguntou. — Digo, não quero queimá-la viva ou coisa assim, mas talvez só...

— *A história* — disse o monstro — *ainda não terminou.*

O RESTANTE DA PRIMEIRA HISTÓRIA

— Não? — perguntou Conor. — Mas a rainha foi derrubada.

— *Foi mesmo* — disse o monstro. — *Mas não por mim.*

Conor hesitou, confuso.

— Você disse que fez de tudo para ela nunca mais ser vista.

— *E fiz mesmo. Quando os aldeões acenderam as chamas para quei-má-la viva, aproximei-me e a salvei.*

— Você *o quê?* — perguntou Conor.

— *Peguei-a e levei-a para bem longe, para onde os aldeões jamais a al-cançassem, para além até do seu reino de nascimento, para uma vila junto ao mar. E lá a deixei, para viver em paz.*

Conor se levantou, aumentando o tom de voz, incrédulo.

— Mas ela matou a filha do fazendeiro! Como você pôde salvar uma assassina? — Então ele ficou sério e deu um passo para trás. — Você realmente é um monstro.

— *Nunca afirmei que ela tinha matado a filha do fazendeiro* — falou o monstro. — *Só disse que o **príncipe** afirmou que foi assim.*

Conor fechou e abriu os olhos. Depois cruzou os braços.

— Então quem a matou?

O monstro abriu as enormes mãos de um jeito que fez soprar uma brisa, trazendo consigo uma névoa úmida. A casa de Conor ainda estava atrás dele, mas a névoa recobriu o jardim, substituin-do-o por um campo com um teixo gigante no meio e um homem e uma mulher dormindo junto à sua raiz.

— *Depois de se amarem* — disse o monstro —, *o príncipe permaneceu acordado.*

Conor assistiu ao jovem príncipe despertar e olhar para a adormecida filha do fazendeiro, cuja beleza até mesmo Conor constatava. O príncipe observou-a por um instante, depois se enrolou num cobertor e foi até o cavalo, preso a um dos galhos do teixo. O príncipe pegou algo do alforje, desamarrou o cavalo, estapeando-o com força nos quadris para que saísse em disparada. Ele segurava aquilo que tirara da bolsa.

Uma faca, brilhando ao luar.

— Não! — disse Conor.

O monstro fechou as mãos e a névoa caía novamente à medida que o príncipe se aproximava da filha do fazendeiro, a faca em punho.

— Você disse que ele ficou surpreso ao ver que ela não acordava! — lembrou Conor.

— *Depois de matar a filha do fazendeiro* — continuou o monstro —, *o príncipe se deitou ao lado dela e voltou a dormir. Ao acordar, ele representou uma farsa, para o caso de alguém estar observando. Mas também, e talvez você se surpreenda com isso, para si mesmo.* — Os galhos do monstro rangeram. — *Às vezes as pessoas precisam mentir para si mesmas acima de tudo.*

— Você disse que ele lhe pediu ajuda! E que você o *ajudou!*

— *Só disse que ele falou o bastante para me fazer caminhar.*

Conor, de olhos arregalados, fitou o monstro e então o jardim, que reemergia da névoa que se dissipava.

— O que foi que o príncipe disse a você? — perguntou ele.

— *Ele me disse que tinha feito aquilo para o bem do reino. Que a nova rainha era na verdade uma bruxa, que seu avô suspeitava disso ao se casar com ela, mas ignorou o fato por causa de sua beleza. O príncipe não podia enfrentar sozinho uma bruxa poderosa. Ele precisava da fúria dos aldeões em sua ajuda. A morte da filha do fazendeiro tinha esse objetivo. Ele se sentia mal por ter feito aquilo, triste demais, disse, mas, assim como o próprio pai morrera defendendo o reino, ele havia matado sua noiva. A morte dela servia para impedir um mal maior. Quando ele disse que a rainha tinha matado a noiva, ele acreditava, à maneira dele, que aquilo fosse verdade.*

— Isso é uma bobagem! — gritou Conor. — Ele não precisava matá-la. As pessoas estavam lhe dando apoio. Elas o acompanhariam de um jeito ou de outro.

— *As justificativas dos homens que matam sempre devem ser ouvidas com ceticismo* — declarou o monstro. — *E então a injustiça que vi, o motivo para eu caminhar, foi com a rainha, não com o príncipe.*

— Ele foi pego? — perguntou Conor, perplexo. — Eles o puniram?

— *Ele se tornou um rei muito amado* — respondeu o monstro —, *que governou feliz até o fim de seus longos dias.*

Conor olhou para a janela do próprio quarto, fechando novamente a cara.

— Então o bom príncipe era um assassino, e a rainha má, no fim das contas, não era uma bruxa. É para haver uma lição nisso tudo? Que eu deveria ser *bonzinho* com ela?

Ele ouviu um rugido estranho, diferente, e levou um instante para perceber que o monstro estava *rindo*.

— *Acha que conto histórias para lhe dar **lições**?* — perguntou o monstro. — *Acha que saí caminhando do tempo e da própria terra para ensinar a você uma **lição** sobre ser **bonzinho**?*

Ele riu ainda mais alto, até o chão tremer; era como se o próprio céu desmoronasse.

— É verdade — disse Conor, constrangido.

— *Não, não* — falou o monstro, finalmente se acalmando. — *Tudo levava a crer que a rainha **era** mesmo uma bruxa e podia muito bem fazer um grande mal. Quem pode dizer? Ela estava tentando se perpetuar no poder, no fim das contas.*

— Por que você a salvou, então?

— *Porque algo que ela **não** era é assassina.*

Conor deu a volta no jardim, pensativo. Então pensou um pouco mais.

— Não entendo. Quem é o mocinho aqui?

— *Nem sempre há um mocinho. Nem sempre há um bandido. A maioria das pessoas fica no meio-termo.*

Conor fez que não com a cabeça.

— É uma história horrível. E uma enganação.

— *É uma história **verdadeira*** — disse o monstro. — *Muitas coisas que são verdadeiras parecem enganação. Reinos têm os príncipes que merecem, filhas de fazendeiros morrem sem motivo e, às vezes, vale a pena salvar bruxas. Na verdade, geralmente é assim. Você ficaria surpreso.*

Conor olhou novamente para a janela do quarto, imaginando a avó dormindo na cama dele.

— E como isso ajuda a me salvar dela?

O monstro ergueu-se completamente, olhando para Conor lá do alto.

— *Não é **dela** que você precisa se salvar* — sentenciou.

Conor sentou-se no sofá, respirando pesadamente de novo.

00h07, lia-se no relógio.

— Droga! — exclamou ele. — Estou sonhando ou não?

Levantou-se com raiva...

E imediatamente bateu com o dedão em algo.

— O que é isso agora? — resmungou, dobrando-se para acender a luz.

De um nó na tábua do piso brotara uma mudinha de uns trinta centímetros, viçosa e muito sólida.

Conor fitou-a por um tempo. Então foi até a cozinha para pegar uma faca e tirá-la dali.

O ACORDO

— Eu perdoo você — disse Lily, alcançando-o a caminho da escola no dia seguinte.

— Pelo quê? — perguntou Conor, sem olhar para ela. Ainda estava irritado com a história do monstro, com a forma como se desenrolou, distorcida e enganadora, nada que servisse de utilidade nenhuma. Para sua surpresa, a mudinha se mostrara muito resistente, e ele passou meia hora para arrancá-la do piso. Sentiu que mal tinha voltado a dormir quando chegou a hora de acordar, e isso só porque a avó começou a gritar com ele por causa do atraso. Ela nem o deixou se despedir da mãe, que, segundo a avó, tinha passado uma noite difícil e precisava descansar. O que fez com que se sentisse culpado, porque, se sua mãe tinha passado uma noite difícil, era *ele* quem deveria ter estado lá para ajudar, não esta avó que mal o deixou escovar os dentes antes de enfiar uma maçã em sua mão e empurrá-lo porta afora.

— Eu perdoo você por me causar problemas, seu idiota — disse Lily, mas não com muita raiva.

— Você mesma se encrencou — falou Conor. — Foi você quem empurrou Sully.

— Eu perdoo você por *mentir* — continuou Lily, suas mechas de poodle penosamente presas num coque.

Conor só continuou caminhando.

— Você não vai pedir desculpas também? — perguntou Lily.

— Não — respondeu Conor.

— Por que não?

— Porque não tenho motivo.

— Conor...

— Não me desculpo — disse Conor, parando. — E *não* perdoo você.

Eles se entreolharam fixamente sob o sol fresco da manhã, nenhum dos dois querendo ser o primeiro a desviar os olhos.

— Minha mãe disse que precisamos lhe dar um desconto — disse Lily, finalmente. — Por causa do que você está passando.

E, por um instante, o sol pareceu se esconder atrás das nuvens. Por um instante, Conor só conseguia ver as tempestades repentinas a caminho, podia *senti-las* prestes a explodir no céu, em seu corpo e em seus punhos. Por um instante, ele se sentiu como se pudesse pegar o próprio ar, passá-lo em volta de Lily e dividi-la ao meio...

— Conor? — falou Lily, assustada.

— Sua mãe não sabe *de nada* — emendou ele. — Nem você.

Afastou-se dela rapidamente, deixando-a para trás.

Foi há pouco mais de um ano que Lily contou a algumas amigas sobre a mãe de Conor, ainda que ele não tivesse dado autorização a ela. Essas amigas contaram a outras, que contaram a outras e, em menos de um dia, era como se um círculo tivesse se aberto ao redor dele, uma área morta com Conor no meio, cercado por minas terrestres pelas quais todos tinham medo de caminhar. De repente, pessoas que ele considerava amigas paravam de falar quando ele se aproximava, não que houvesse muitos mais além de Lily, mas *mesmo assim*. Ele pegava pessoas sussurrando ao passar pelo corredor ou na hora do almoço. Mesmo os professores exibiam uma expressão diferente quando ele levantava a mão nas aulas.

Então ele acabou por parar de conviver com grupos de amigos, parou de dar atenção a quem sussurrava e até parou de levantar a mão.

Não que alguém tivesse notado. Foi como se de repente ele se tornasse invisível.

Ele nunca teve um ano mais difícil na escola nem se sentiu mais aliviado pelas férias de verão do que no último ano. Sua mãe estava concentrada nos tratamentos que, repetia ela várias vezes, "eram difíceis, mas estavam funcionando", essa longa programação estava quase chegando ao fim. O plano era que ela terminasse o tratamento, um novo ano escolar se iniciasse e eles conseguissem deixar tudo isso no passado e recomeçar.

Mas não funcionou assim. Os tratamentos de sua mãe demoraram mais do que o imaginado: primeiro uma segunda sessão de químio, e agora uma terceira. Os professores em seu novo ano escolar eram ainda piores porque só o conheciam por causa da mãe e não sabiam quem ele era antes disso. E as outras crianças ainda o tratavam como se *ele* estivesse doente, principalmente depois que Harry e seus comparsas o excluíram.

E agora sua avó perambulava pela casa e ele sonhava com árvores.

Ou talvez *não fosse* um sonho. O que na verdade seria ainda pior.

Caminhou furioso para a escola. Conor culpava Lily porque a culpa maior era mesmo dela, não?

Ele culpava Lily porque não havia mais ninguém para culpar.

Desta vez, o soco de Harry foi em seu estômago.

Conor caiu no chão, arranhando o joelho no meio-fio de concreto, abrindo um buraco em seu uniforme. O buraco era a pior parte. Ele era péssimo na costura.

— Você está doente ou coisa assim, O'Malley? — provocou Sully, rindo atrás dele. — É como se você caísse todos os dias.

— Você deveria consultar um médico por causa disso — ouviu Anton dizendo.

— Talvez ele esteja bêbado — comentou Sully, e eles riram mais, só que havia entre eles um ponto silencioso, já que Harry não ria. Ele sabia, mesmo sem olhar para trás, que Harry só o estava observando, esperando para ver o que ele faria.

Ao se levantar, ele viu Lily encostada na parede da escola. Em companhia de outras meninas, voltava para o prédio depois do intervalo. Ela não estava conversando com as amigas, apenas olhando para Conor.

— Sem a ajuda da Superpoodle hoje — disse Sully, ainda rindo.

— Para sua sorte, Sully — comentou Harry, falando pela primeira vez. Conor ainda não tinha se virado para encará-lo, mas sabia que Harry não estava rindo da piada de Sully. Conor ficou vendo Lily até ela desaparecer.

— Ei, olhe *para nós* quando estamos falando com você — falou Sully, certamente se queimando com o comentário de Harry e segurando Conor pelo ombro, fazendo-o girar.

— Não toque nele — ordenou Harry, calmamente e baixinho, mas tão ameaçadoramente que Sully recuou de imediato. — O O'Malley e eu temos um acordo — acrescentou. — Sou o único a tocar nele. Não é?

Conor esperou por um instante e então fez que sim com a cabeça, lentamente. Isso de fato parecia um acordo.

Harry, a expressão ainda indecifrável, os olhos ainda fixos nos de Conor, aproximou-se dele. Conor não se mexeu e eles ficaram ali, olho no olho, enquanto Anton e Sully se entreolhavam, nervosos.

Harry tombou a cabeça de lado, como se uma pergunta lhe tivesse ocorrido, uma pergunta que ele tentava decifrar. Conor ainda não se mexera. Toda a turma já tinha entrado. Ele sentia o silêncio envolvendo-os, até mesmo Anton e Sully calados. Eles teriam de ir embora logo. Eles precisavam entrar *agora*.

Mas ninguém se moveu.

Harry ergueu o punho e fez um movimento como se fosse dar um soco na cara de Conor.

Ainda assim, Conor não se encolheu. Nem mesmo se mexeu. Apenas ficou olhando nos olhos de Harry, à espera do golpe.

Mas o golpe não aconteceu.

Harry baixou a mão, pousando-a ao lado do corpo, ainda encarando Conor.

— Sim — finalmente disse, baixinho, como se tivesse concluído algo. — Foi o que pensei.

E então, novamente, veio a voz da desgraça.

— Meninos! — gritou a srta. Kwan, atravessando o jardim na direção deles como o terror sobre duas pernas. — O intervalo acabou há três minutos! O que vocês acham que ainda estão fazendo aqui?

— Desculpe, senhorita — disse Harry, a voz repentinamente suave. — Estávamos discutindo com o Conor a tarefa que a sra. Marl nos deu de escrever sobre histórias de vida e perdemos a noção do tempo. — Ele deu um tapa no ombro de Conor como se fossem amigos de longa data. — Ninguém sabe mais de histórias do que o Conor aqui. — Ele fez que sim seriamente para a srta. Kwan. — E conversar sobre isso o ajuda a se soltar mais.

— Sim — disse a srta. Kwan, franzindo a testa. — Parece muito plausível. Todos aqui estão sob aviso. Mais um problema hoje e todos ficarão de castigo.

— Sim, senhorita — disse Harry animadamente, com Anton e Sully murmurando o mesmo. Eles voltaram para as salas de aula, Conor seguindo no mesmo passo, um metro atrás.

— Um momento, Conor, por favor — pediu a srta. Kwan.

Ele parou e se virou para ela, mas não olhou em seu rosto.

— Tem certeza de que está tudo bem entre você e aqueles meninos? — perguntou a srta. Kwan, usando a voz "boazinha" que era só um pouco menos assustadora do que seus gritos.

— Sim, senhorita — respondeu Conor, ainda sem olhar para ela.

— Porque eu sei muito bem como Harry age, sabia? — disse ela. — Um valentão com carisma e boas notas ainda assim é um valentão. — Ela soltou um suspiro, irritada. — Ele provavelmente acabará como primeiro-ministro um dia. Que Deus nos ajude.

Conor não disse nada e o silêncio adquiriu um aspecto específico, algo que ele conhecia bem pela forma como o corpo da srta. Kwan se inclinou para a frente, os ombros caídos, a cabeça tombada na direção da de Conor.

Ele sabia o que estava por vir. Sabia e odiava.

— Não imagino o que você está passando, Conor — falou a srta. Kwan, tão baixinho que era quase um sussurro. — Mas, se você quiser conversar, minha porta estará sempre aberta.

Ele não conseguia olhar para ela, não conseguia ver a preocupação ali, não *suportava* ouvir aquilo na voz dela.

Porque ele não merecia.

O pesadelo lhe ocorreu, o grito e o horror, e o que acontecia no fim...

— Estou bem, senhorita — murmurou ele, olhando para os próprios sapatos. — Não estou passando por nada.

Depois de um segundo, ele ouviu a srta. Kwan suspirar novamente.

— Então está certo — disse ela. — Esqueça aquilo de estar sob aviso e volte para dentro. — Ela deu um tapinha no ombro dele e cruzou novamente o jardim, até as portas.

E, por um instante, Conor ficou completamente sozinho.

Soube então que provavelmente poderia ficar ali o dia todo e ninguém o puniria por isso.

O que de certa forma o fez se sentir ainda pior.

A CONVERSINHA

Depois da escola, sua avó estava esperando por ele no sofá.

— Precisamos ter uma conversinha — disse ela antes que ele fechasse a porta, e havia algo no dela olhar que o fez parar. Um olhar que lhe deu dor de estômago.

— O que há de errado? — perguntou ele.

Sua avó respirou fundo pelo nariz e ficou olhando pela janela, como se estivesse se recuperando. Ela parecia uma ave de rapina. Um falcão capaz de caçar uma ovelha.

— Sua mãe tem que voltar para o hospital — falou ela. — Você vai ficar comigo por uns dias. Você precisa fazer a mala.

Conor não se mexeu.

— O que há de errado com ela?

A avó arregalou os olhos por um segundo, como se não acreditasse que ele estava fazendo uma pergunta tão absurdamente estúpida. Então ela demonstrou pena.

— Ela está com muita dor — explicou. — Mais do que deveria.

— Ela tem remédio para a dor... — começou Conor, mas sua avó bateu as mãos, só uma vez, mas *alto*, alto o bastante para detê-lo.

— Não está funcionando, Conor — retrucou ela, rispidamente, e parecia que ela estava olhando por sobre a cabeça dele. — Não está funcionando.

— O que não está funcionando?

Sua avó bateu as mãos mais algumas vezes, mais baixo, como se as estivesse usando numa experiência ou coisa assim, depois olhou pela janela novamente, o tempo todo mantendo a boca bem fechada. Ela finalmente se levantou, concentrando-se em alisar o vestido.

— Sua mãe está lá em cima — avisou. — Ela quer falar com você.

— Mas...

— Seu pai chega no domingo.

Ele se endireitou.

— O *papai* está vindo?

— Tenho de fazer algumas ligações — disse ela, passando por ele e indo até a porta, pegando seu celular.

— Por que o papai vem? — perguntou ele.

— Sua mãe está esperando você — desconversou a avó, fechando a porta da frente atrás de si.

Conor não teve nem chance de soltar a mochila.

O pai dele estava vindo. O *pai* dele. Dos *Estados Unidos*. Que não vinha desde o Natal do ano passado. Cuja nova esposa sempre parecia sofrer emergências de última hora que o impediam de fazer visitas mais frequentes, principalmente agora que o bebê nasceu. Seu pai, que Conor se acostumara a não ter por perto à medida que as viagens diminuíam de frequência e os telefonemas se tornavam cada vez mais esparsos.

Seu pai estava vindo.

Por quê?

— Conor? — ele ouviu sua mãe chamar.

Ela não estava no quarto dela. Estava no quarto *dele*, deitada na cama, sobre o edredom, olhando pela janela para o terreno da igreja na colina.

E para o teixo.

Que era apenas um teixo.

— Ei, querido — disse ela, sorrindo para ele de onde estava deitada, mas, pelas rugas ao redor dos olhos da mãe, Conor via que ela estava com dor, uma dor que ele só a vira sentir uma vez. Ela teve de ir ao hospital na ocasião e lá ficou por quase duas semanas. Foi na última Páscoa, e as semanas na casa de sua avó quase foram a morte para os dois.

— Qual é o problema? — perguntou ele. — Por que você vai voltar ao hospital?

Ela bateu no edredom para que ele fosse se sentar ao lado dela.

Conor ficou onde estava.

— O que há de errado?

Ela ainda sorria, mas era um sorriso mais contido agora, e ela passava os dedos pelo bordado do edredom, ursinhos para os quais Conor ficou velho demais há anos. Ela estava com o lenço rosa amarrado na cabeça, mas apenas de leve, e Conor conseguia ver sua calva branca por baixo.

Ele achava que sua mãe nunca nem sequer fingiu experimentar uma das velhas perucas da avó dele.

— Vou ficar bem — disse ela. — Realmente vou.

— Vai mesmo? — perguntou ele.

— Já passamos por isso antes, Conor — lembrou ela. — Então não se preocupe. Já me senti muito mal e fui ao hospital e eles cuidaram de tudo. É o que vai acontecer desta vez. — Ela deu um novo tapinha no edredom. — Por que você não vem se sentar ao lado da sua mãe cansada?

Conor engoliu em seco, mas o sorriso dela era mais leve e — dava para ver — sincero. Ele se aproximou e se sentou ao lado dela, de frente para a janela. Ela passou a mão pelos cabelos dele, tirando-os dos olhos, e ele percebeu que seus braços estavam magros demais, quase como se fossem apenas pele e osso.

— Por que o papai vem para cá? — perguntou ele.

Sua mãe fez uma pausa e pôs a mão novamente no colo.

— Faz algum tempo que você o viu pela última vez. Não está empolgado?

— A vovó não parecia feliz.

A mãe bufou.

— Bom, você sabe o que ela pensa sobre o seu pai. Não dê ouvidos a ela. Aproveite a visita dele.

Por um instante, ficaram sentados em silêncio.

— Tem mais uma coisa — disse Conor, finalmente. — Não tem?

Ele sentiu sua mãe se sentar um pouco mais ereta sobre o travesseiro.

— Olhe para mim, filho — disse ela, carinhosamente.

Ele virou o rosto para olhar para a mãe, mas pagaria um milhão de libras para não ter de fazer isso.

— O último tratamento não está fazendo o que deveria — disse ela. — Isso significa que eles terão de fazer ajustes, tentar outra coisa.

— É só isso? — perguntou Conor.

Ela fez que sim.

— Só isso. Tem muitas outras coisas para eles fazerem. Não se preocupe.

— Tem certeza?

— Tenho certeza.

— Porque — e aqui Conor parou por um segundo e ficou olhando para o chão. — Porque você pode me dizer a verdade, sabia?

E então ele sentiu os braços dela ao redor dele, os braços magros, magérrimos, antes tão macios quando ela o abraçava. Ela não disse nada, só ficou abraçada ao filho. Ele voltou a olhar pela janela e, depois de um tempo, sua mãe se virou para olhar também.

— Aquilo é um teixo, sabia? — comentou ela, finalmente.

Conor revirou os olhos, mas não de um jeito ruim.

— Sim, mamãe, você me disse mais de cem vezes.

— Cuide dele enquanto eu estiver longe, sim? — pediu ela. — Certifique-se de que ele ainda esteja lá quando eu voltar.

E Conor soube que essa era a forma de ela lhe dizer que voltaria, então ele só fez que sim com a cabeça e os dois ficaram olhando para a árvore.

Que permanecia uma árvore, por mais que eles ficassem olhando.

A CASA DA AVÓ

Cinco dias. O monstro não veio por cinco dias.

Talvez ele não soubesse onde sua avó morava. Ou talvez só fosse longe demais. Ela não tinha mesmo o que se pode chamar de jardim, por mais que a casa dela fosse muito maior do que a de Conor e sua mãe. Ela encheu o jardim dos fundos com casinhas, uma lagoa e um "escritório" de madeira instalado na última metade, onde fazia a maior parte do seu trabalho como corretora de imóveis, um trabalho tão entediante que Conor nunca teve paciência de ouvir mais do que a primeira frase da descrição. Tudo o mais eram apenas calçadinhas pavimentadas e flores em vasos. Sem espaço para uma árvore. Não tinha nem mesmo *grama*.

— Não fique aqui olhando feito bobo, meu jovem — disse sua avó, saindo pela porta dos fundos e prendendo um brinco. — Seu pai estará aqui em breve e vou ver sua mãe.

— Eu não estava olhando feito bobo — retrucou Conor.

— O que isso tem a ver? Entre.

Ela desapareceu na casa e Conor a seguiu lentamente. Era domingo, dia em que seu pai chegaria do aeroporto. Ele viria pegar Conor, eles iriam visitar sua mãe e, depois, passariam algum tempo juntos como "pai e filho". Conor tinha quase certeza de que isso era um código para outra rodada de Precisamos Ter Uma Conversinha.

Sua avó não estaria presente quando seu pai chegasse. O que era bom para todos.

— Pegue sua mochila da sala, por favor — falou ela, passando por ele e apanhando a bolsa. — Ele não tem motivos para achar que você está morando num chiqueiro.

— Não tem muita chance de isso acontecer — resmungou Conor, enquanto ela ia até o espelho verificar o batom.

A casa da avó era mais limpa do que o quarto de hospital da sua mãe. A faxineira dela, Marta, vinha às quartas, mas Conor não entendia por quê. A avó acordava com as galinhas para aspirar a casa, lavar a roupa quatro vezes por semana, e uma vez limpou a banheira à meia-noite, antes de ir para a cama. Ela não deixava que as louças ficassem na pia antes de irem para a máquina e certa vez até mesmo pegou o prato em que Conor ainda comia.

— Uma mulher da minha idade, morando sozinha — comentou ela um dia. — Se não mantiver as coisas limpas, quem vai?

Ela disse isso como um desafio, como se exigisse uma resposta de Conor.

Ela o levava para a escola, e ele chegava adiantado todos os dias, mesmo sendo um trajeto de quarenta e cinco minutos. Ela também estava esperando por ele todos os dias depois da aula, indo diretamente para o hospital visitar a mãe dele. Ficavam por mais ou menos uma hora, menos se sua mãe estivesse cansada demais para conversar — o que aconteceu duas vezes nos últimos cinco dias —, e depois voltavam para a casa da avó, onde ela o obrigava a fazer a lição de casa enquanto pedia uma comida que ainda não tivessem provado.

Foi como na vez que Conor e sua mãe, certo verão, se hospedaram numa pousada na Cornuália. Só que mais limpo. E sua avó era mais mandona.

— Bom, Conor — disse ela, vestindo o paletó do seu terninho. Era domingo, mas ela não tinha casas para mostrar, então ele não sabia direito por que ela se vestia tão bem só para ir ao hospital. Ele suspeitava que isso tivesse a ver com causar incômodo no pai.

— Seu pai pode não notar como sua mãe está ficando cansada, sim? — disse ela. — Então vamos nos juntar para garantir que ele não fique tempo demais. — Ela se olhou novamente no espelho e baixou o tom de voz. — Não que *isso* seja um problema.

Ela se virou, abrindo um pouco a mão ao acenar, e acrescentou:

— Seja bonzinho.

A porta se fechou com um baque atrás dela. Conor ficou sozinho na casa.

Ele foi ao quarto de hóspedes onde dormia. Sua avó insistia em chamar aquilo de quarto *dele,* mas Conor só o chamava de quarto de hóspedes, o que sempre fazia a avó balançar a cabeça e resmungar algo para si mesma.

Mas o que ela esperava? Aquilo não se parecia nada com o quarto dele. Não parecia o quarto *de ninguém,* e certamente não o de um menino. As paredes eram brancas, exceto por três diferentes pôsteres de navios, que provavelmente eram a ideia que sua avó fazia do que meninos gostavam. Os lençóis e edredons eram de um branco que cegava e o único outro móvel era um armário de carvalho grande o bastante para almoçar dentro dele.

Podia ser um quarto qualquer em qualquer lar e em qualquer planeta por aí. Ele nem mesmo gostava de estar *dentro* do quarto, nem para se livrar da avó. Ele só subira lá agora para pegar um livro, já que sua avó tinha proibido jogos portáteis em sua casa. Ele pegou um livro da mala e saiu, olhando o jardim pela janela.

Ainda apenas caminhos de pedra e casinhas e o escritório.

Nada que olhasse de volta para ele.

A sala de estar era uma daquelas onde ninguém jamais se sentava. Conor não podia ficar ali nunca, senão poderia acabar manchando as tapeçarias, então claro que ele escolheu esse lugar para ler seu livro enquanto esperava pelo pai.

Ele se jogou no sofá, que tinha pernas curvas de madeira tão finas que pareciam estar usando salto alto. Havia, do lado oposto, um armário com frente de vidro, cheio de pratos em apoios e xícaras de chá com tantos detalhes que era de admirar que alguém conseguisse beber nelas sem cortar os lábios. Sobre a lareira estava o famoso relógio da avó, presente que ela ganhou da própria mãe. Não deixava ninguém tocá-lo, a não ser ela mesma, e passou anos ameaçando levá-lo ao programa *Antiques Roadshow* para que fosse avaliado. Ele tinha um pêndulo e também tocava a cada quinze minutos, um som tão alto que sobressaltava um mais desavisado.

Toda a sala era uma espécie de museu de como as pessoas viviam antigamente. Não havia nem mesmo uma televisão. Ela ficava na cozinha e quase nunca era ligada.

Ele leu. O que mais havia para fazer?

Ele esperava conversar com o pai antes do voo, mas, por causa das visitas ao hospital, do fuso horário e das convenientes dores de cabeça da nova esposa, Conor teria de ver o pai só quando ele aparecesse.

Quando quer que fosse. Conor olhou para o relógio de pêndulo. Doze e quarenta e dois, dizia. Ele tocaria dentro de três minutos.

Três minutos vazios e silenciosos.

Percebeu estar nervoso. Havia muito tempo que não via seu pai pessoalmente, só por Skype. Será que ele tinha mudado? Será que *Conor* tinha mudado?

E então havia outras questões. Por que ele estava vindo *agora*? Sua mãe não parecia muito bem, parecia ainda pior depois de cinco dias no hospital, mas ele ainda tinha esperança no novo remédio que estavam dando a ela. O Natal ainda estava distante e o aniversário de Conor tinha passado. Então por que agora?

Ele olhava para o chão: no meio da sala havia um tapete oval muito caro e de aspecto bem antigo. Conor se abaixou e levantou a beirada, olhando as tábuas polidas embaixo. Havia um nó numa delas. Ele passou o dedo sobre o nó, mas a tábua era tão lisa e velha que não dava para ver a diferença entre o nó e o restante.

— Você está aí? — sussurrou Conor.

Assustou-se quando a campainha tocou. Levantou-se e saiu correndo da sala, sentindo-se mais empolgado do que imaginava. Abriu a porta.

Ali estava seu pai, parecendo completamente diferente e exatamente o mesmo.

— Ei, filho — disse ele, a voz ganhando aquela inflexão esquisita moldada pelos Estados Unidos.

Conor abriu um sorriso que pelo menos há um ano não abria.

CAMARADA

— Como você está, camarada? — perguntou o pai, enquanto esperavam que a garçonete trouxesse as pizzas.

— *Camarada?* — perguntou Conor, arqueando uma sobrancelha cética.

— Desculpe — falou o pai, sorrindo. — O inglês dos Estados Unidos é uma língua completamente diferente.

— Sua voz parece engraçada sempre que converso com você.

— Ah, é mesmo. — Seu pai tamborilava na taça de vinho. — É bom vê-lo.

Conor deu um gole em sua Coca-Cola. Sua mãe estava muito mal quando chegaram ao hospital. Esperaram a avó ajudá-la a usar o banheiro, e depois ela se mostrou tão cansada que, antes de cair no sono, só conseguiu dizer "oi, querido" para Conor e "oi, Liam" para o pai dele. A avó os tirou do quarto pouco depois, com uma expressão que nem o pai iria questionar.

— Sua mãe está... hã... — disse seu pai agora, estreitando os olhos para nada em específico. — Ela é uma guerreira, não? — Conor deu de ombros.

— Então, como *você* está, Con?

— É tipo a octogésima vez que você me pergunta isso desde que chegou aqui — comentou Conor.

— Desculpe — disse seu pai.

— Estou *bem* — respondeu Conor. — A mamãe está tomando um remédio novo. Ela vai melhorar. Ela parece mal, mas já pareceu mal antes. Por que todos estão agindo como se...?

Ele parou e deu outro gole no refrigerante.

— Tem razão, filho — disse seu pai. — Você tem toda a razão. — Ele girou a taça de vinho lentamente na mesa. — Ainda assim — continuou. — Você terá de ser corajoso por ela. Você vai ter de ser muito corajoso mesmo por ela.

— Você fala como a televisão norte-americana.

Seu pai riu baixinho.

— Sua irmã está bem. Quase andando.

— *Meia-irmã* — emendou Conor.

— Não vejo a hora de você conhecê-la — falou o pai. — Temos de organizar uma visita logo. Talvez até neste Natal. Você gostaria?

Conor encarou seu pai.

— E quanto à mamãe?

— Já conversei com sua avó. Ela deu a entender que não era uma má ideia, desde que você volte a tempo para o novo ano escolar.

Conor ficou passando a mão pela beirada da mesa.

— Então seria apenas uma visita?

— O que você quer dizer? — perguntou o pai, parecendo surpreso. — Uma visita e não...? — Hesitou, e Conor percebeu que o pai entendeu o que ele estava querendo dizer. — Conor...

Mas Conor de repente não quis que seu pai concluísse a frase.

— Uma árvore está me visitando — falou ele rapidamente, começando a tirar o rótulo da garrafa de Coca-Cola. — Ela vem à nossa casa à noite, ela me conta histórias.

Seu pai ficou espantado.

— *O quê?*

— Primeiro achei que fosse um sonho — comentou Conor, arrancando o rótulo com a unha. — Mas daí comecei a encontrar folhas quando acordava e mudinhas crescendo no piso de madeira. Eu as escondi para que ninguém descobrisse.

— Conor...

— Ela não veio à casa da vovó ainda. Acho que ela deve achar que é longe demais...

— O que você...?

— Mas por que importa, se é só um sonho? Por que um sonho não seria capaz de cruzar a cidade? Não se for um sonho tão velho como a Terra e tão grande como o mundo...

— Conor, *pare* com isso...

— *Não quero morar com a vovó* — declarou Conor, sua voz de repente firme e com uma rispidez que era como se ele fosse se engasgar. Ele manteve os olhos grudados no rótulo da garrafa de Coca-Cola, a unha arrancando o papel molhado. — Por que não posso morar com você? Por que não posso ir para os Estados Unidos?

Seu pai umedeceu os lábios.

— Você quer dizer quando...

— A casa da vovó é a casa de uma velha — afirmou Conor.

Seu pai deu outra risadinha.

— Vou tomar o cuidado de dizer a ela que você a chamou de senhora.

— Não pode tocar em nada nem sentar em nenhum lugar — continuou Conor. — Não pode deixar nada fora do lugar nem por dois segundos. E ela só tem internet no escritório e não posso entrar lá.

— Tenho certeza de que podemos conversar com ela sobre isso. Tenho certeza de que há muita margem para a situação melhorar, para você se sentir à vontade lá.

— *Não quero* ficar à vontade lá! — retrucou Conor, erguendo a voz. — Quero meu quarto na minha própria casa.

— Você não teria isso nos Estados Unidos — observou o pai. — Mal temos lugar para nós três, Con. Sua avó tem muito mais dinheiro e espaço do que nós. Além disso, você estuda aqui, seus amigos estão aqui, sua *vida toda* está aqui. Seria injusto tirar tudo isso de você.

— Injusto para quem? — perguntou Conor.

Seu pai suspirou.

— Era o que eu estava dizendo — falou ele. — Era o que eu estava dizendo quando disse que você teria de ser corajoso.

— É o que todos dizem — ressaltou Conor. — Como se fizesse algum sentido.

— Sinto muito — disse o pai. — Sei que parece muito injusto, e queria que fosse diferente...

— Queria?

— *Claro* que queria. — Inclinou-se sobre a mesa. — Mas assim é melhor. Você vai ver.

Conor engoliu em seco, ainda não encarando o pai. Então engoliu em seco novamente.

— Podemos falar sobre isso quando a mamãe melhorar?

Seu pai se recostou lentamente na cadeira.

— Claro que podemos, cara. É exatamente isso que faremos.

Conor olhou para ele novamente.

— *Cara*?

Seu pai sorriu.

— Desculpe. — Pegou a taça de vinho e ficou bebendo demoradamente, o bastante para secar ela toda. Pôs a taça na mesa, bufando um pouco, e depois olhou intrigado para Conor. — O que você estava falando sobre a árvore?

Mas a garçonete veio e o silêncio caiu enquanto ela colocava as pizzas diante dos dois.

— É americana. — Conor franziu a testa, encarando o pai. — Se ela pudesse falar, me pergunto se soaria como você.

AMERICANOS NÃO TÊM MUITOS FERIADOS

— Parece que sua avó ainda não chegou em casa — disse o pai de Conor, estacionando o carro alugado diante da casa.

— Às vezes ela volta ao hospital depois que vou dormir — falou Conor. — As enfermeiras a deixam dormir numa poltrona.

Seu pai fez que sim com a cabeça.

— Ela pode não gostar de mim — disse ele —, mas isso não significa que seja uma velhinha má.

Conor ficou olhando para a casa.

— Por quanto tempo você vai ficar aqui? — perguntou ele. Conor estava com medo de perguntar isso.

Seu pai bufou demoradamente, uma bufada que dizia que ele tinha más notícias.

— Só por uns dias, acho.

Conor se virou para ele.

— Isso é *tudo*?

— Americanos não têm muitos feriados.

— Você não é americano.

— Mas moro lá agora. — Ele riu, nervoso. — Foi você quem tirou sarro do meu sotaque a noite toda.

— Por que você veio, então? — perguntou Conor. — Por que se dar ao trabalho de vir?

Seu pai esperou um momento antes de responder.

— Vim porque sua mãe me pediu. — Pareceu que ia falar mais, mas não o fez.

Conor tampouco disse alguma coisa.

— Mas vou voltar — continuou o pai. — Sabe, quando precisar. — Sua voz ficou mais alegre. — E você vai nos visitar no Natal! Isso vai ser bem divertido.

— Na sua casa apertada onde não há lugar para mim? — emendou Conor.

— Conor...

— E então vou voltar para as aulas.

— Con...

— Por que você veio? — perguntou Conor novamente, a voz baixa.

Seu pai não respondeu. Um silêncio se abriu no carro, tanto que era como se eles se sentassem de lados opostos de um desfiladeiro. Então seu pai estendeu a mão para lhe tocar no ombro, mas Conor se desviou e abriu a porta para sair.

— Conor, *espere*.

Conor esperou, mas sem se virar.

— Você quer que eu entre até ela voltar? — perguntou. — Para lhe fazer companhia?

— Estou bem sozinho — rebateu Conor, e saiu do carro.

A casa estava em silêncio quando ele entrou. Por que não estaria?

Ele estava sozinho.

Jogou-se novamente no sofá caro, ouvindo-o ranger ao cair. Era um som tão agradável que ele se levantou e se jogou no sofá outra vez. Depois se levantou e pulou em cima dele, os pés de madeira gemendo ao se arrastarem por alguns centímetros no piso, deixando quatro marcas idênticas nas tábuas.

Ele sorriu para si mesmo. Isso era *bom*.

Desceu do sofá e deu um chute nele para que recuasse ainda mais. Mal percebeu que estava ofegante. Sua cabeça queimava, quase como se estivesse com febre. Ergueu o pé para chutar mais uma vez o sofá.

Então levantou a cabeça e viu o relógio.

• • •

O precioso relógio de sua avó, pendendo sobre a lareira, o pêndulo balançando de cá para lá, de lá para cá, como se agisse sozinho, sem se importar com a existência de Conor.

Aproximou-se lentamente, os punhos cerrados. Faltava pouco para ele badalar *plim plão* às 9 horas. Conor ficou lá até que o segundo ponteiro girasse e chegasse às 12 horas. Pouco antes de o *plim plão* começar, ele segurou o pêndulo no ponto mais alto do movimento.

Ele ouviu o mecanismo do relógio reclamando quando o primeiro *p* do *plim* interrompido pairou no ar. Com a mão livre, Conor esticou o braço e afastou os ponteiros de minutos e segundos das 12 horas. Resistiram, mas ele empurrou com mais força, ouvindo um clique alto, que não parecia nada promissor. De repente, os ponteiros se soltaram do que quer que os mantivesse no lugar e Conor os girou, alcançando o ponteiro das horas e levando-o junto também, ouvindo mais semiplins e cliques dolorosos de dentro da caixa de madeira.

Sentia as gotas de suor acumulando-se na testa e o peito quase reluzindo de calor.

Quase como estar num pesadelo, o mesmo fervor do mundo girando rápido em seu eixo, mas desta vez *ele* estava no controle, desta vez *ele* era o pesadelo.

O ponteiro dos segundos, o mais fino dos três, de repente quebrou e caiu do mostrador do relógio, quicando no tapete e desaparecendo nas cinzas da lareira.

Conor recuou rapidamente, soltando o pêndulo. Ele voltou ao meio, mas não balançou outra vez. Tampouco se ouviu novamente o tique-taque habitual do relógio, os ponteiros paralisados.

Ô-ou.

• • •

O estômago de Conor começou a se contrair quando ele percebeu o que tinha feito.

Oh, não, pensou.

Oh, *não*.

Ele quebrou o relógio.

Um relógio que provavelmente valia mais do que o carro velho da mãe.

Sua avó o mataria, talvez de verdade, literalmente o mataria...

Então Conor notou.

Os ponteiros das horas e dos minutos pararam num horário específico.

00h07.

— *No que diz respeito à destruição* — disse o monstro atrás dele —, *isso é incrivelmente ridículo.*

Conor se virou. De alguma forma, de algum jeito, o monstro estava na sala de sua avó. Ele era grande demais, claro, e precisava se abaixar muito para caber sob o teto, seus galhos e folhas se contraindo cada vez mais para diminuir seu tamanho, mas ali estava ele, preenchendo todos os cantos.

— *É o tipo de destruição que se esperaria de um **menino*** —, disse o monstro, seu hálito soprando nos cabelos de Conor.

— O que você está fazendo aqui? — perguntou. Sentiu uma pontada repentina de esperança. — Estou dormindo? Isto é um sonho? Como quando você quebrou a janela do meu quarto e eu acordei e...

— *Vim lhe contar a segunda história* — anunciou o monstro.

Conor fez um som exasperado e voltou a olhar para o relógio quebrado.

— Vai ser tão ruim quanto a última? — perguntou ele, distraidamente.

— *Ela termina com uma destruição de verdade, se é o que você quer dizer.*

Conor se virou para o monstro. Seu rosto assumira a expressão que Conor reconhecia como o sorriso maligno.

— É uma história ludibriadora? — perguntou. — Parece que vai num sentido e então dá uma guinada para outro completamente diferente?

— *Não* — disse o monstro. — *É sobre um homem que só pensava em si mesmo.* — O monstro sorriu novamente, parecendo ainda mais malévolo. — *E ele sofre um castigo muito, muito severo.*

Conor ficou ali respirando fundo por um instante, pensando no relógio quebrado, pensando na madeira riscada do piso, pensando nas frutinhas venenosas caindo dos galhos do monstro e sujando o assoalho da casa da avó.

Ele pensou em seu pai.

— Estou ouvindo — avisou.

A SEGUNDA HISTÓRIA

— *Há cento e cinquenta anos* — começou o monstro —, *este país se tornou um lugar industrializado. As fábricas se espalharam pela paisagem como ervas daninhas. Árvores foram derrubadas, campos foram nivelados, rios foram poluídos. O céu se engasgou com a fumaça e a fuligem também, passando os dias tossindo e se coçando, os olhos para sempre voltados para o chão. As vilas se transformaram em cidades, as cidades em metrópoles. E as pessoas começaram a viver* **sobre** *a terra, e não* **com** *a terra.*

Mas ainda havia o verde, se você soubesse para onde olhar.

O monstro abriu as mãos novamente, e uma névoa se espalhou pela sala da avó. Quando ficou claro, Conor e o monstro estavam no meio de um campo verdejante com vista para um vale de metal e tijolos.

— Então estou mesmo dormindo — falou Conor.

— *Silêncio* — disse o monstro. — *Aí vem ele.* — E Conor viu um homem aparentemente amargurado, com roupas pretas e pesadas e um olhar muito, muito severo, caminhando na direção deles, colina abaixo.

— *No limite deste campo vivia um homem. O nome dele não é importante, já que ninguém o usava. Os aldeões só o chamavam de o Boticário.*

— O quê? — perguntou Conor.

— *O Boticário* — repetiu o monstro.

— O quê?

— *Boticário era um nome antiquado, mesmo naquela época, para um farmacêutico.*

— Ah! — exclamou Conor. — Por que você não disse logo?

— *Mas o nome fazia sentido, porque boticários eram antiquados e lidavam com a medicina antiga também. Com ervas e cascas de árvore, com poções feitas com frutos e folhas.*

— A nova esposa do papai faz isso — disse Conor ao observarem o homem pegar uma raiz. — Ela é dona de uma loja que vende cristais.

O monstro fez uma cara feia.

— *Não é nem de longe a mesma coisa.*

Vários dias o Boticário saía para coletar ervas e folhas no campo que cercava a aldeia. Contudo, à medida que os anos passavam, suas caminhadas demoravam mais e mais, já que as fábricas e estradas se espalhavam como as sarnas que ele com tanta eficiência tratava. Ele costumava coletar passiflora e bela-rosa antes do chá da manhã e agora levava o dia todo para conseguir as ervas.

O mundo estava mudando e o Boticário ficou amargurado. Ou melhor, mais amargurado, porque ele sempre foi um homem desagradável. Ele era mesquinho e cobrava demais pelas curas, geralmente mais do que o paciente podia pagar. Ainda assim, ele se surpreendia ao notar o ódio que os aldeões tinham dele, pensando que eles deveriam tratá-lo com mais respeito. E, como ele se comportava mal, eles se comportavam mal em relação ao Boticário, até que, com o passar do tempo, seus pacientes passaram a procurar outros remédios mais modernos e outros curandeiros mais modernos. O que, claro, só tornou o Boticário ainda mais amargurado.

A névoa os cercou novamente e o cenário mudou. Agora estavam num gramado no alto de um montículo. Havia uma casa paroquial de um lado e um enorme teixo no meio de algumas lápides.

— *Na aldeia do Boticário também vivia um pároco...*

— Esta é a colina atrás da minha casa — interrompeu Conor. Ele olhou em volta, mas não havia ferrovia ainda, nada daquela fileira de casas, só umas trilhas e um riozinho.

— *O pároco tinha duas filhas* — continuou o monstro —, *que eram a luz da vida dele.*

Duas jovens saíram gritando da casa paroquial, falando, rindo e tentando jogar punhados de grama uma na outra. Correram ao redor do tronco do teixo, escondendo-se uma da outra.

— Este é você — disse Conor, apontando a árvore, que no momento era apenas uma árvore.

—*Sim, bem, no terreno da casa paroquial também crescia um teixo. E era um belíssimo teixo* — acrescentou o monstro.

— Se você diz... — falou Conor.

— *Ora, o Boticário queria muito aquele teixo.*

— Queria? — perguntou Conor. — Por quê?

O monstro pareceu surpreso. — *O teixo é a mais importante das árvores medicinais* — explicou. — *Ele vive mil anos. Seus frutos, casca, folhas, seiva, polpa, madeira, tudo fervilha, queima e se contorce em vida. Ele pode curar quase qualquer doença de que o homem padece, se manipulado e tratado pelo boticário certo.*

— Você está inventando isso. — Conor franziu a testa.

A expressão do monstro se tornou tempestuosa. — *Você ousa* **me** *questionar, menino?*

— Não — disse Conor, recuando diante da raiva do monstro. — Só nunca ouvi falar disso antes.

O monstro franziu a testa por um tempo, depois continuou a história.

— *A fim de coletar essas coisas da árvore, o Boticário teria de cortá-la. E isso o pároco não permitiria. O teixo existia neste terreno desde antes de ele ser ocupado pela igreja. Um cemitério já estava começando a ser usado e planejavam a construção de uma nova igreja. O teixo a protegeria das chuvas pesadas e do clima mais inclemente, e o pároco — por mais que o Boticário pedisse, e ele pedia com frequência — não ia permitir que aquele homem chegasse perto da árvore.*

Ora, o pároco era um homem bom e esclarecido. Ele queria o melhor para sua congregação, queria tirá-los da idade das trevas da superstição e da bruxaria. Ele pregava contra o que o Boticário praticava, e o mau humor e a cobiça do Boticário com certeza faziam chegar os sermões a ouvidos ansiosos. Seus negócios diminuíam cada vez mais.

Até que, um dia, as filhas do pároco adoeceram. Primeiro uma, depois a outra, com uma doença que varreu o interior do país.

O céu escureceu e Conor podia ouvir a tosse das filhas dentro da casa paroquial, e também as orações do pároco e as lágrimas da esposa.

— Nada que o pároco fazia ajudava. Nenhuma oração, nenhuma cura dos médicos modernos a duas cidades de distância, nenhum remédio do campo tímida e secretamente oferecido pelos paroquianos. Nada. As filhas mirravam e estavam prestes a morrer. Por fim, não havia outra opção que não abordar o Boticário. O pároco engoliu o orgulho e foi implorar o perdão do homem.

"Você ajudaria minhas filhas?", perguntou o pároco ajoelhado à porta do Boticário. "Se não por mim, então por minhas duas meninas inocentes."

"Por que eu faria isso?" perguntou o Boticário. "Você tem destruído meus negócios com suas pregações. Você me recusa acesso ao teixo, minha melhor fonte de cura. Você fez a vila se voltar contra mim."

"Você pode ficar com o teixo", disse o pároco. "Vou pregar em seu favor. Vou encaminhar meus paroquianos para você em todos os casos de doença. Você pode ter o que quiser, basta salvar minhas filhas."

O Boticário ficou surpreso.

"Você abdicaria de tudo em que acredita?"

"Se você salvar minhas filhas", declarou o pároco. "Abdico de tudo."

"Então não há nada que eu possa fazer para ajudá-lo", sentenciou o Boticário, batendo a porta na cara do pároco.

— O quê? — perguntou Conor.

— Naquela mesma noite, as duas filhas do pároco morreram.

— O quê? — repetiu, o pesadelo parecendo se apoderar dele.

— E naquela mesma noite eu saí caminhando.

— Que bom! — gritou Conor. — Aquele idiota merece ser punido!

— Eu também achava — disse o monstro. — *Foi pouco depois da meia-noite que arranquei a casa do pároco de suas fundações.*

84

O RESTANTE DA SEGUNDA HISTÓRIA

Conor se virou de repente.

— Do *pároco?*

— *Sim* — disse o monstro. — *Joguei o telhado no vale e derrubei todas as paredes com meus socos.*

A casa do pároco ainda estava diante deles, e Conor viu o teixo ao lado se transformar em monstro e atacar furiosamente a casa paroquial. Com o primeiro golpe no telhado, a porta da frente se abriu e o pároco e a esposa fugiram aterrorizados. O monstro na cena jogou o telhado na direção deles, quase atingindo-os.

— O que você está fazendo? — perguntou Conor. — O Boti-sei-lá-o-quê é o vilão!

— *É mesmo?* — perguntou o monstro de verdade atrás dele.

Houve um segundo desmoronamento quando o monstro derrubou a parede da fachada da casa paroquial.

— Claro que é! — gritou Conor. — Ele se recusou a curar as filhas do pároco! E elas *morreram!*

— *O pároco se recusava a acreditar que o Boticário pudesse ajudar* — disse o monstro. — *Nos tempos de bonança, o pároco quase destruiu o Boticário, mas, quando as coisas ficaram feias, ele estava disposto a deixar de lado todas as crenças se isso salvasse suas filhas.*

— E daí? — perguntou Conor. — Qualquer um faria isso! *Todo mundo!* O que você esperava que ele fizesse?

— *Esperava que ele tivesse dado o teixo ao Boticário quando ele lhe pediu pela primeira vez.*

Isso deteve Conor. Houve outros golpes na casa paroquial e outras paredes caíram.

— Você se deixaria ser morto?

— *Sou muito mais do que apenas uma árvore* — falou o monstro —, *mas, sim, eu deixaria que o teixo fosse derrubado. Isso teria salvado as filhas do pároco. E muitas outras pessoas.*

— Mas isso teria matado a árvore e enriquecido aquele homem! — gritou Conor. — Ele era mau!

— *Ele era ambicioso, rude e amargurado, mas ainda assim era um curandeiro. O pároco, porém, o que era ele? Ele não era **nada**. A crença é metade da cura. Crença na cura, crença no futuro que nos aguarda. E ali estava um homem que **acreditava** na fé, mas a sacrificaria diante do primeiro desafio, justamente quando mais precisava dela. Ele acreditava com egoísmo e medo. E isso matou suas filhas.*

Conor ficou com raiva.

— Você disse que esta era uma história sem truques.

— *Disse que era a história de um homem punido por seu egoísmo. E é mesmo.*

Agitado, Conor olhou novamente para o segundo monstro destruindo a casa paroquial. Uma perna gigantesca destruiu uma escadaria com um só chute. Um braço gigantesco demoliu as paredes dos quartos da casa.

— *Diga-me, Conor O'Malley* — perguntou o monstro atrás dele. — *Gostaria de me acompanhar?*

— Acompanhar? — perguntou Conor, surpreso.

— *É muito agradável. Eu lhe garanto.*

O monstro deu um passo à frente, juntando-se a sua imagem projetada, e com um pé gigantesco destruiu um sofá não muito diferente do da avó de Conor. O monstro olhou para o menino, esperando.

— *O que devo destruir agora?* — perguntou o monstro, passando por cima de sua imagem projetada e, num horrível borrão, os dois monstros se fundiram, criando um único monstro ainda maior.

— *Espero por sua ordem, menino* — falou.

Conor sentiu a respiração ficar ofegante novamente. Seu coração batia acelerado e aquela sensação febril tomou conta dele mais uma vez. Ele esperou um pouco.

Então, ordenou:

— Destrua a lareira.

O monstro imediatamente se lançou e arrancou a lareira de pedra das fundações, a chaminé de alvenaria desmoronando com um estrondo.

A respiração de Conor ficou ainda mais ofegante, como se ele mesmo estivesse destruindo tudo.

— Jogue as camas para longe — disse ele.

O monstro pegou as camas dos quartos sem teto e as jogou no ar com tanta força que elas pareceram quase transpor o horizonte antes de caírem no chão.

— Quebre os móveis! — gritou Conor. — Quebre tudo!

O monstro pisou no interior da casa, destruindo todos os móveis que encontrava com pisões e chutes prazerosos.

— DESTRUA A CASA INTEIRA! — gritou Conor, e o monstro rugiu e derrubou as paredes restantes. Conor correu para ajudar, pegando um galho caído e golpeando as janelas que já estavam quebradas.

Ele estava gritando ao fazer isso, tanto que não ouvia os próprios pensamentos, desaparecendo no frenesi da destruição, quebrando e quebrando e quebrando sem pensar.

O monstro tinha razão. Era *muito* agradável.

Conor gritou até ficar rouco, quebrou tudo até os braços doerem, rugiu até quase desmaiar de cansaço. Quando finalmente parou, viu o monstro observando-o em silêncio, afastado do cenário de destruição. Ofegante, Conor se apoiou no galho para manter o equilíbrio.

— *Então, isso é que é uma destruição bem-feita* — disse o monstro.

E de repente eles estavam de volta à sala de estar da avó do menino.

Conor percebeu que tinha destruído quase a sala inteira.

DESTRUIÇÃO

O sofá estava reduzido a infinitos pedacinhos. Todos os pés de madeira estavam quebrados, o estofamento rasgado, pedaços do enchimento espalhados pelo chão, assim como os restos do relógio, arremessado da parede e quase irreconhecível. Também estavam destruídos os abajures e as duas mesinhas que ficavam ao lado do sofá, além da estante de livros sob a janela da fachada, todos os livros rasgados de capa a capa. Via-se rasgado até mesmo o papel de parede, que pendia em tiras irregulares. A única coisa que ficou de pé foi a cristaleira, ainda que suas portas de vidro estivessem quebradas e todo o interior dela, jogado no chão.

Conor ficou ali, em choque. Olhou para as próprias mãos, que estavam arranhadas e ensanguentadas, as unhas lascadas, doendo por causa do trabalho.

— Ai, meu Deus — sussurrou ele.

Virou-se para encarar o monstro.

Que não estava mais ali.

— O que foi que eu *fiz?* — gritou ele para o vazio repentinamente silencioso demais. Mal conseguia mover os pés em meio a tanta destruição.

Não havia como ele ter feito tudo isso sozinho.

De jeito nenhum.

... Ou havia?

— Ai, meu Deus — repetiu ele. — Ai, meu Deus!

Destruição é algo muito agradável, ele ouviu, mas era como uma voz ao vento, distante dali.

E então Conor ouviu o carro da avó estacionando.

Não havia para onde correr. Não havia tempo para fugir pela porta dos fundos e dar um jeito de desaparecer, de correr para algum lugar onde ninguém o encontrasse.

E, pensou ele, nem mesmo o pai o levaria quando descobrisse o que ele havia feito. Jamais deixariam um menino capaz de fazer tudo isso morar numa casa com um bebê...

— Ai, meu Deus — repetiu Conor outra vez, o coração quase saindo pela boca.

Sua avó pôs a chave na fechadura e abriu a porta.

Na fração de segundo depois de ela virar a esquina para a sala, ainda mexendo na bolsa, antes de se dar conta do paradeiro de Conor ou do que tinha acontecido, ele viu o rosto dela, como estava cansado; nenhuma novidade nisso, para o bem ou para o mal, só mais uma das tantas noites no hospital com a mãe de Conor, noites que vinham fazendo as duas emagrecerem muito.

Então ela levantou a cabeça.

— O quê...? — disse ela, detendo-se por reflexo para não dizer um palavrão diante de Conor. Ela ficou parada, ainda segurando a bolsa no ar. Só os olhos se moviam, captando, incrédula, a destruição da sala, quase se recusando a aceitar o que via. Conor não ouvia nem mesmo a respiração dela.

E então ela olhou para o neto, boquiaberta, olhos arregalados também. Ela o viu no meio da bagunça, as mãos ensanguentadas.

Ela fechou a boca, mas não de um jeito normal. A boca tremia, como se ela contivesse lágrimas, como se mal conseguisse manter o rosto algo composto.

E então ela gemeu, um gemido do fundo do peito, a boca ainda fechada.

Foi um som tão sofrido que Conor quase não resistiu a colocar as mãos nos ouvidos.

Ela repetiu o gemido. E de novo. E de novo, até tudo se transformar num único som, um gemido horrível e contínuo. A bolsa dela caiu no chão. Levou as mãos à boca como se elas fossem impedir que aquele gemido tormentoso, horrível, lamuriante, *choroso*, se esvaísse dela.

— Vovó? — disse Conor, a voz aguda e estrangulada de terror.

E então ela gritou.

Ela tirou as mãos da boca, fechou-as, escancarou a boca e berrou. Berrou tão alto que Conor levou as mãos aos ouvidos. Ela não olhava para o neto, não olhava *para nada*, só estava gritando.

Conor nunca sentiu tanto medo na vida. Era como estar no fim do mundo, quase como estar vivo e desperto em seu pesadelo, o grito, o *vazio...*

Então ela entrou na sala.

Ela chutou os destroços quase como se não os visse. Conor recuou rapidamente, tropeçando nas ruínas do sofá. Ele manteve uma das mãos estendida para se proteger, esperando que os golpes o atingissem a qualquer momento...

Mas a avó não estava interessada nele.

Passou por Conor, a expressão contorcida pelo choro, o gemido se lhe esvaindo novamente. Foi até a cristaleira, a única coisa de pé na sala.

E segurou uma das laterais...

E a empurrou com força uma vez...

Duas...

E uma terceira vez.

Fazendo-a cair no chão com um estrondo derradeiro.

A avó soltou um último gemido e se abaixou para colocar as mãos sobre os joelhos, a respiração ofegante.

Ela não olhou para Conor, não olhou para ele nem uma única vez enquanto se endireitava e saía da sala, deixando a bolsa onde a derrubara, indo diretamente para o quarto e fechando a porta.

Conor ficou ali por um instante, sem saber se deveria se mover ou não.

Depois do que pareceu ser uma eternidade, ele foi até a cozinha para pegar alguns sacos de lixo. Arrumou a bagunça até de madrugada, mas era coisa demais. O dia já estava amanhecendo quando ele finalmente desistiu.

Subiu as escadas, sem nem sequer se dar ao trabalho de limpar a sujeira e o sangue seco. Ao passar pelo quarto da avó, ele viu, pela luz sob a porta, que ela ainda estava acordada.

Podia ouvi-la lá dentro, chorando.

INVISÍVEL

Conor ficou esperando no terreno da escola.

Mais cedo, viu Lily. Ela estava com um grupo de meninas que não gostavam realmente dela, sabia Conor, e de quem Lily tampouco realmente gostava; mas lá estava ela, em silêncio, com as amigas tagarelas. Ele percebeu que tentara atrair o olhar dela, mas Lily não olhou para ele.

Quase como se ela já não o visse mais.

E então ele esperou sozinho, encostado na parede, diante das outras crianças que gritavam e riam e consultavam os telefones como se não houvesse nada de errado no mundo, como se nada em todo o Universo lhes pudesse acontecer.

Então ele os viu. Harry, Sully e Anton, vindo na direção dele pela diagonal do jardim, Harry encarando-o, sem sorrir, mas alerta, seus comparsas parecendo antecipadamente felizes.

Aqui vêm eles.

E eles vieram.

Conor sentiu-se fraquejar, aliviado.

Ele dormiu pouco naquela manhã, o suficiente apenas para ter o pesadelo, como se as coisas já não estivessem péssimas. Ali estava ele de novo, com o horror e a queda, com a coisa horrível que acontecia no fim. Acordou gritando. Para um dia que não parecia nada melhor.

Quando ele finalmente arranjou coragem de descer, seu pai estava na cozinha da avó, fazendo o café da manhã.

A avó não estava por perto.

— Ovos mexidos? — perguntou o pai, segurando uma frigideira com ovos.

Conor fez que sim, por mais que não estivesse com fome, e se sentou à mesa. Seu pai terminou de preparar os ovos e os serviu com um pouco de torrada com manteiga, colocando dois pratos, um para Conor e outro para si mesmo. Eles se sentaram e comeram.

O silêncio ficou tão pesado que Conor começou a ter dificuldade para respirar.

— Você fez uma bagunça e tanto — disse o pai, finalmente.

Conor continuou comendo, pegando os menores pedaços possíveis de ovo.

— Ela me ligou hoje pela manhã. Muito, muito cedo.

Conor deu outra garfada microscópica.

— Sua mãe piorou, Con — falou o pai. Conor levantou a cabeça rapidamente. — Sua avó foi agora ao hospital para conversar com os médicos — continuou. — Vou deixá-lo na escola e...

— *Escola?* — disse Conor. — Quero ver a mamãe!

Mas seu pai já fazia que não com a cabeça.

— Não é lugar para uma criança neste momento. Vou deixá-lo na escola e ir ao hospital, mas vou pegá-lo logo depois para você vê-la. — Seu pai ficou olhando para o próprio prato. — Vou pegá-lo antes se... se for preciso.

Conor pôs a faca e o garfo na mesa. Ele não queria mais comer. E jamais iria querer novamente.

— Ei — disse seu pai. — Lembra o que eu disse sobre precisarmos que você seja corajoso? Bom, agora é a hora, filho. — Ele apontou com a cabeça para a sala. — Dá para ver quanto isso está mexendo com você. — Abriu um sorriso triste que rapidamente desapareceu. — Sua avó também vê isso.

— Eu não pretendia — disse Conor, o coração batendo forte. — Não sei o que aconteceu.

— Tudo bem — falou o pai.

Conor franziu a testa.

— *Tudo bem?*

— Não se preocupe com isso — acrescentou o pai, voltando a tomar o café da manhã. — Não é tão ruim quanto parece.

— O que isso quer dizer?

— Quer dizer que vamos fingir que nada aconteceu — esclareceu o pai, firmemente. — Porque há outras coisas acontecendo no momento.

— Outras coisas como a mamãe?

Seu pai suspirou.

— Termine seu café.

— Você não vai nem mesmo me castigar?

— Qual é o sentido, Con? — retrucou, fazendo que não com a cabeça. — Qual seria o sentido, afinal?

Conor não ouviu nada em suas aulas na escola, mas os professores não o repreenderam por sua falta de atenção, ignorando-o quando faziam perguntas à turma. A sra. Marl nem mesmo o obrigou a entregar sua redação sobre histórias de vida, mesmo sendo aquele o prazo. Conor não tinha escrito uma única frase.

Não que isso parecesse importar.

Seus colegas mantinham distância dele, também, como se Conor estivesse fedendo. Ele tentou lembrar se tinha conversado com alguém desde que chegara à escola pela manhã. Ele achava que não. O que significava que não tinha falado *com ninguém* desde a conversa com o pai pela manhã.

Como algo assim podia acontecer?

Mas finalmente ali estava Harry. E isso ao menos parecia normal.

— Conor O'Malley — falou Harry, parando a um passo dele. Sully e Anton ficaram mais atrás, abafando o riso.

Conor se afastou da parede, as mãos pendendo ao lado do corpo, preparando-se para onde quer que fosse o golpe.

Mas nada aconteceu.

Harry só ficou ali. Sully e Anton ficaram ali também, o sorriso deles lentamente murchando.

— O que você está esperando? — perguntou Conor.

— É — disse Sully para Harry. — O que você está esperando?

— Bata nele — disse Anton.

Harry não se mexeu, os olhos ainda fixos em Conor, que só conseguiu retribuir a encarada até sentir que não havia mais nada no mundo além dele e Harry. Suas mãos suavam. Seu coração disparava.

Faça isso de uma vez, pensou ele, e então percebeu que falava em voz alta.

— Faça isso de uma vez!

— Fazer o quê? — perguntou Harry calmamente. — O que você quer que eu faça, O'Malley?

— Ele quer que você bata nele até cair — disse Sully.

— Ele quer que você chute o traseiro dele — falou Anton.

— É isso mesmo? — perguntou Harry, parecendo realmente curioso. — É mesmo isso que você quer?

Conor não disse nada; só ficou ali, os punhos cerrados.

Esperando.

E então o sinal tocou alto e a srta. Kwan começou a atravessar o pátio naquele instante também, conversando com outro professor, mas vendo os alunos ao redor, observando com cuidado Conor e Harry.

— Acho que jamais saberemos — disse Harry — o que O'Malley quer.

Anton e Sully riram, apesar de estar claro que não tinham entendido a piada, e os três começaram a voltar para dentro da escola.

Mas Harry observava Conor à medida que se afastavam, sem nunca tirar os olhos dele.

À medida que deixava Conor ali sozinho.

Como se ele fosse completamente invisível ao resto do mundo.

TEIXOS

— Oi, querido — disse a mãe dele, levantando-se um pouco na cama quando Conor entrou.

Ele percebeu como ela sofreu para fazer isso.

— Vou ficar ali fora — falou a avó, levantando-se da poltrona e passando sem olhar para o neto.

— Vou pegar algo para beber, companheiro — disse seu pai da porta. — Quer algo?

— Quero que pare de me chamar de *companheiro* — disse Conor, sem tirar os olhos da mãe.

Ela riu.

— Volto daqui a pouco — avisou o pai, deixando-o sozinho com ela.

— Venha cá — disse a mãe, batendo na cama ao lado do seu corpo. Ele foi e se sentou ao lado dela, tomando o cuidado para não tocar no tubo que tinham lhe colocado no braço ou no tubo que soprava ar por suas narinas ou no tubo que, sabia ele, às vezes colocavam em seu peito, quando os produtos químicos alaranjados eram bombeados para dentro dela durante os tratamentos.

— Como está o meu Conor, hein? — perguntou ela, estendendo a mão magra para acariciar-lhe os cabelos. Ele viu uma mancha amarelada num dos braços dela, onde entrava o tubo, e manchas arroxeadas na parte de dentro do braço.

Mas ela estava sorrindo. Era algo cansado, exausto, mas era um sorriso.

— Sei que devo parecer frágil — disse ela.

— Não, não parece — emendou Conor.

Ela acariciou novamente os cabelos dele com os dedos.

— Acho que posso perdoar uma mentirinha gentil.

— Você está bem? — perguntou Conor e, apesar de a pergunta em certo sentido ser completamente ridícula, ela entendeu o que ele queria dizer.

— Bom, querido — disse ela. — Algumas coisas diferentes que eles tentaram não deram certo como queriam. E não deram certo muito antes do que esperavam. Se é que isso faz sentido.

Conor fez que não com a cabeça.

— Não, para mim também não — disse ela. Ele viu o sorriso da mãe se contrair, difícil demais para ela segurar. Ela respirou fundo e o ar entrou com dificuldade, como se houvesse algo pesado em seu peito.

— As coisas vão ser um pouco mais rápidas do que eu esperava, querido — anunciou ela, e sua voz estava embargada de uma forma que fez o estômago de Conor se revirar ainda mais. Ele de repente ficou feliz por não ter tomado café da manhã. — *Mas* — continuou a mãe, a voz ainda rouca, mas sorrindo novamente. — Tem mais uma coisa que eles vão tentar, um remédio que teve alguns bons resultados.

— Por que eles não tentaram isso antes? — perguntou Conor.

— Você se lembra de todos os meus tratamentos? — perguntou ela. — Da perda de cabelos e de todos os vômitos?

— Claro.

— Bom, isso é algo que se toma quando esses tratamentos não deram certo como eles queriam — explicou ela. — Era sempre uma possibilidade, mas eles esperavam não ter de usar isso. — Ela baixou a cabeça. — E eles esperavam não ter de usar isso tão cedo.

— Isso significa que é tarde demais? — perguntou Conor, falando antes mesmo de se dar conta do que estava dizendo.

— Não, Conor — respondeu ela rapidamente. — Não pense assim. Não é tarde demais. Nunca é tarde demais.

— Tem certeza?

Ela sorriu novamente.

— Acredito no que estou dizendo — disse ela, a voz um pouco mais forte.

Conor se lembrou do que o monstro tinha dito. *A crença é metade da cura.*

Ele ainda se sentia incapaz de respirar direito, mas a tensão começou a se dissipar um pouco, acalmando-lhe o estômago. Vendo-o relaxar, a mãe começou a acariciar a pele do braço do filho.

— E eis aqui algo muito interessante — continuou ela, a voz parecendo um pouco mais feliz. — Você se lembra daquela árvore na colina atrás da nossa casa?

Conor arregalou os olhos.

— Bom, você não vai acreditar — continuou a mãe, sem perceber a reação dele. — Esse remédio é na verdade feito com folhas de teixo.

— Teixo? — perguntou Conor, baixinho.

— Sim — respondeu ela. — Li sobre isso há algum tempo, quando tudo isso começou. — Ela tossiu na mão, e então tossiu novamente. — Digo, esperava que nada disso chegasse a este ponto, mas parece incrível que o tempo todo pudéssemos ver um teixo da nossa própria casa. E que aquela árvore pudesse ser justamente o que me curasse.

A mente de Conor girava tão rápido que ele quase ficou tonto.

— As coisas naturais deste mundo são maravilhosas, não são? — continuou a mãe. — Nós nos esforçamos tanto para nos livrarmos delas e às vezes elas são aquilo que nos salva.

— Isso vai salvá-la? — perguntou Conor, quase sem conseguir dizer.

Sua mãe sorriu novamente.

— Espero que sim — respondeu. — Acredito que sim.

SERIA POSSÍVEL?

Conor saiu para o corredor do hospital, os pensamentos a mil. Remédio feito com folhas de teixo. Remédio que pode mesmo curar. Remédio como o que o Boticário se recusou a fazer para o pároco. Mas, para falar a verdade, Conor ainda não sabia direito por que a casa do pároco é que foi destruída.

A não ser que...

A não ser que o monstro estivesse aqui por um motivo. A não ser que ele caminhara para curar a mãe de Conor.

Ele não ousava ter esperanças. Ele não ousava nem *pensar* nisso. Não.

Não, claro que não. Não podia ser verdade, ele estava sendo estúpido. O monstro era um sonho. Tudo isso era um sonho, um *sonho*.

Mas as folhas. E as frutinhas. E a mudinha crescendo no chão. E a destruição na sala da avó.

De repente, Conor se sentiu leve, como se estivesse começando a *flutuar* no ar.

Seria possível? Seria realmente possível?

Ele ouviu vozes e olhou pelo corredor. Seu pai e sua avó estavam brigando.

Ele não conseguia ouvir o que diziam, mas a avó estava furiosa, apontando com o dedo para o peito do pai.

— Bom, o que você quer que *eu* faça? — disse o pai, alto o bastante para chamar a atenção de pessoas que passavam pelo corredor. Conor não conseguiu ouvir a resposta da avó, mas ela veio apressada pelo corredor, passando sem ainda olhar para ele e entrando no quarto da filha.

O pai se aproximou logo depois, os ombros caídos.

— O que está havendo? — perguntou Conor.

— Ah, sua avó está com raiva de mim — respondeu o pai, abrindo um sorrisinho rápido. — Nada de novo.

— Por quê?

Seu pai fez uma careta.

— Tenho más notícias, Conor — anunciou ele. — Tenho de voltar para casa hoje à noite.

— Hoje à noite? — perguntou Conor. — *Por quê?*

— A bebê está doente.

— Ah — disse Conor. — O que há de errado com ela?

— Provavelmente nada sério, mas a Stephanie está louca, levou a menina ao hospital e quer que eu volte agora mesmo.

— E você vai?

— Vou, mas volto — respondeu o pai. — Sem ser neste domingo, no próximo, então não são nem duas semanas. Eles vão me dar mais folga do trabalho para vir aqui ver você.

— Duas semanas — repetiu Conor, quase que para si mesmo. — Mas tudo bem. A mamãe entrará em medicação nova e vai melhorar. Então, quando você voltar...

Ele parou ao ver a cara do pai.

— Por que não damos uma caminhada, filho? — sugeriu.

Havia um parquinho do outro lado do hospital com várias trilhas entre as árvores. À medida que Conor e seu pai caminhavam em direção a um banco vazio, passavam por pacientes com trajes hospitalares, caminhando com familiares ou saindo para fumar um cigarro às escondidas. Aquilo fazia do parque um verdadeiro quarto de hospital ao ar livre. Ou um lugar para onde fantasmas iam a fim de descansarem.

— Isto é uma conversinha, não é? — perguntou Conor enquanto se sentavam. — Ultimamente todos querem *ter uma conversinha*.

— Conor — disse seu pai. — Este novo remédio que sua mãe vai tomar...

— Ele vai fazê-la melhorar — completou Conor firmemente. Seu pai parou por um instante.

— Não, Conor — emendou ele. — Provavelmente não vai.

— Sim, vai — insistiu Conor.

— É uma última tentativa desesperada. Sinto muito, mas as coisas andaram rápido demais.

— Isso vai curá-la. Sei que vai.

— Conor — falou o pai. — O outro motivo para sua avó estar com raiva de mim é que ela acha que sua mãe e eu não estamos sendo honestos o bastante com você. Sobre o que está mesmo acontecendo.

— O que a vovó sabe sobre isso?

O pai de Conor pôs uma das mãos no ombro do filho.

— Conor, sua mãe...

— Ela vai ficar bem — interrompeu Conor, livrando-se do pai e levantando-se. — Este remédio novo é o segredo. A razão de tudo. Estou lhe dizendo. Eu sei.

Seu pai parecia confuso.

— A razão de tudo o quê?

— Então pode voltar para os Estados Unidos — continuou Conor. — Pode voltar para sua outra família e vamos ficar bem aqui sem você. Porque isso vai funcionar.

— Conor, não...

— Sim, *vai*. Vai funcionar.

— Filho — insistiu o pai, aproximando-se. — As histórias nem sempre têm finais felizes.

Isso o fez parar. Porque não tinham mesmo, não é? Isso foi algo que o monstro com certeza lhe ensinou. As histórias eram animais selvagens e iam em direções inesperadas.

Seu pai estava fazendo que não com a cabeça.

— Não posso pedir demais de você. Eu sei disso. É injusto e cruel, e não é como as coisas deveriam ser.

Conor não respondeu.

— Voltarei daqui a uma semana, no domingo — falou o pai. — Tenha isso em mente, sim?

Conor piscou na direção do sol. Fazia um calor inacreditável naquele mês de outubro, como se o verão insistisse para não ir embora.

— Por quanto tempo você vai ficar? — perguntou Conor, finalmente.

— O máximo possível.

— E depois vai voltar.

— Tenho que voltar. Tenho...

— Outra família lá — concluiu Conor.

Seu pai tentou estender a mão novamente, mas Conor já estava voltando para o hospital.

Porque ele estava errado, o remédio *daria* certo, *daria*, foi exatamente por essa razão que o monstro saíra andando. *Tinha de ser.* Se o monstro era real, então essa *tinha de ser* a razão.

Antes de entrar novamente, Conor olhou para o relógio na fachada do hospital.

Mais oito horas até à 00h07.

SEM HISTÓRIA

— Você pode curá-la? — perguntou Conor.

— *O teixo é uma árvore medicinal,* disse o monstro. — *É a forma que mais uso para caminhar.*

Conor fez uma cara feia.

— Não é uma resposta de verdade.

O monstro só lhe abriu aquele sorriso maligno.

A avó de Conor o levou de volta para casa depois que a mãe dele, sem ter comido o jantar, adormeceu. Sua avó ainda não tinha falado com ele sobre a destruição da sala. Ela mal falava com ele.

— Vou voltar — avisou ela assim que Conor saiu do carro. — Prepare alguma coisa para comer. Sei que você ao menos sabe fazer isso.

— Você acha que o papai está no aeroporto agora? — perguntou Conor.

Tudo o que sua avó deu como resposta foi suspirar silenciosamente. Ele fechou a porta e ela se foi. Depois de entrar na casa, o relógio — o relógio barato, de pilhas, que ficava na cozinha, agora o único da casa — avançou rumo à meia-noite sem que sua avó voltasse ou ligasse. Ele pensou em ligar para ela, mas ela já tinha ficado brava com ele uma vez quando o celular acordara a filha.

Não importava. Na verdade, era até mais fácil. Ele não tinha de fingir que ia para a cama. Ele esperou até que o relógio desse 00h07. Então saiu e disse:

— Onde está você?

E o monstro disse: — *Estou aqui* — e passou por cima do escritório da avó com um movimento fácil.

— Você pode curá-la? — perguntou Conor novamente, com mais firmeza.

O monstro olhou para ele. — *Não depende de mim.*

— Por que não? — quis saber Conor. — Você destrói casas e resgata bruxas. Você disse que cada pedacinho seu pode curar, basta que as pessoas façam uso disso.

— *Se sua mãe puder ser curada* — disse o monstro —, *então o teixo a curará.*

Conor cruzou os braços.

— Isso é um sim?

O monstro fez algo que não tinha feito até então.

Sentou-se.

Apoiando todo o peso sobre o escritório da avó, a madeira gemeu e o telhado afundou. O coração de Conor bateu na garganta. Se o monstro destruísse o escritório dela também, sabe-se lá o que ela faria com o garoto. Provavelmente o mandaria para a prisão. Ou, pior, para o internato.

— *Você ainda não sabe por que me chamou, não é?* — perguntou o monstro. — *Você ainda não sabe por que saí andando. Não que eu faça isso todos os dias, Conor O'Malley.*

— Eu não o chamei — retrucou Conor. — A não ser num sonho ou coisa assim. E, mesmo que tivesse chamado, obviamente foi por causa da minha mãe.

— *Foi?*

— Bom, por que mais seria? — perguntou Conor, erguendo a voz. — Não foi só para ouvir essas histórias horríveis que não fazem o menor sentido.

— *Você está se esquecendo da sala da casa de sua avó?*

Conor mal conseguiu suprimir um sorrisinho.

— *Como eu pensei* — disse o monstro.

— Estou falando sério — falou Conor.

— *Eu também. Mas ainda não estamos prontos para a terceira e última história. Vai ser em breve. E depois disso você vai me contar **sua** história, Conor O'Malley. Vai me contar sua verdade.* — O monstro se aproximou. — *E você sabe do que estou falando.*

A névoa os cercou novamente e o jardim de sua avó desapareceu. O mundo mudou para algo cinza e vazio e Conor soube exatamente onde estava, soube exatamente no que o mundo se transformara.

Ele estava dentro do pesadelo.

A sensação foi essa, foi assim que *pareceu*, as beiradas do mundo desmoronando e Conor segurando as mãos dela, sentindo-as se soltarem, sentindo a queda *dela*...

— Não! — gritou ele. — Não! Isso não!

A névoa se dissipou e ele estava de volta ao jardim da avó, o monstro ainda sentado no telhado do escritório.

— Isso não foi culpa minha — disse Conor, a voz trêmula. — Isso foi apenas um pesadelo.

— *Ainda assim* — disse o monstro, levantando-se, as vigas do telhado do escritório da avó parecendo suspirar de alívio —, *é isso que vai acontecer depois da terceira história.*

— Ótimo — falou Conor —, mais uma história quando há coisas mais importantes acontecendo.

— *Histórias são importantes* — disse o monstro. — *Elas podem ser mais importantes do que tudo. Se forem sinceras.*

— Histórias de vida — concluiu Conor, amargurado, baixinho.

O monstro pareceu surpreso. — *Isso mesmo* — disse ele. O monstro se virou para ir embora, mas voltou a olhar para Conor. — *Procure-me em breve.*

— O que vai acontecer com a minha mãe? — quis saber Conor.

O monstro parou. — *Você ainda não sabe?*

— Você disse que era uma árvore medicinal — disse Conor. — Bom, preciso que você *cure*!

— *E então eu o farei* — declarou o monstro.

E, com uma rajada de vento, se foi.

JÁ NÃO VEJO VOCÊ

— Quero ir ao hospital também — disse Conor na manhã seguinte, no carro com sua avó. — Não quero ir à escola hoje.

Ela só dirigia. Era bem possível que nunca fosse falar com ele novamente.

— Como ela estava na noite passada? — perguntou ele. Conor esperou acordado por muito tempo depois que o monstro foi embora, mas dormiu antes que a avó retornasse.

— Praticamente na mesma — respondeu ela, tensa, os olhos fixos na rua.

— O novo remédio está ajudando?

Ela demorou tanto para responder que ele achou que não fosse falar nada, e estava prestes a perguntar novamente quando ela disse:

— É cedo demais para saber.

Conor deixou algumas ruas passarem e perguntou:

— Quando ela vem para casa?

A isso sua avó não respondeu, por mais que faltasse meia hora para chegarem à escola.

Não havia esperança de prestar atenção nas aulas. O que, novamente, não importava, porque nenhum dos professores lhe fazia perguntas. Nem seus colegas. Quando chegou a hora do recreio, ele tinha passado outra manhã sem ter dito nenhuma palavra a ninguém.

Sozinho, ele ficou sentado num canto afastado do refeitório, a comida intacta diante dele. O salão estava incrivelmente barulhento, rugindo com os sons dos colegas e todos os gritos e berros e lutas e risadas. Conor deu o melhor de si para ignorar tudo.

O monstro a curaria. Claro que sim. Por que *mais* ele teria vindo? Não havia outra explicação. Ele saíra caminhando como uma árvore medicinal, a mesma espécie que fez o remédio para sua mãe, então por que mais?

Por favor, pensou Conor olhando para sua bandeja quase cheia. *Por favor.*

Duas mãos vindas do outro lado da mesa bateram com força nas laterais da bandeja, derrubando o suco de laranja no colo de Conor.

Conor se levantou, mas não rápido o bastante. Suas calças estavam ensopadas de suco e pingavam pelas pernas.

— O'Malley mijou nas calças! — gritou imediatamente Sully, com Anton rindo atrás dele.

— Aqui — disse Anton, jogando em Conor um pouco da poça que se formara na mesa. — Você esqueceu um pouco!

Harry se colocou entre Anton e Sully, como sempre de braços cruzados, encarando-o.

Conor devolveu a encarada.

Os dois ficaram paralisados por tanto tempo que Sully e Anton se aquietaram, incomodados com aquela competição de olhares. Perguntavam-se o que Harry faria em seguida.

Conor também se perguntava.

— Acho que entendi, O'Malley — falou Harry, finalmente.
— Acho que sei pelo que você está pedindo.

— Você vai receber agora — disse Sully. Ele e Anton riram, cumprimentando-se com os punhos fechados.

Conor não via professores pelo canto do olho, então percebeu que Harry tinha escolhido uma hora em que não seriam perturbados.

Conor estava sozinho.

Harry deu um passo à frente, ainda muito calmo.

— Eis aqui o pior golpe de todos, O'Malley — anunciou Harry. — Eis aqui a pior coisa que posso fazer contra você.

Ele estendeu a mão, como se pedisse um cumprimento.

Ele *estava mesmo* pedindo um cumprimento.

Conor reagiu automaticamente, estendendo a mão e cumprimentando Harry antes mesmo de pensar no que estava fazendo. Eles se cumprimentaram como dois empresários ao fim de uma reunião.

— Adeus, O'Malley — disse Harry, olhando nos olhos de Conor. — Já não vejo você.

Então ele soltou a mão de Conor, deu-lhe as costas e se afastou. Anton e Sully pareceram ainda mais confusos, mas, depois de um segundo, eles foram embora também.

Ninguém se virou para olhar para Conor.

Havia um enorme relógio digital na parede do refeitório, comprado em algum momento dos anos 1970 como a mais recente tecnologia e jamais substituído, apesar de ser mais velho do que a mãe de Conor. Enquanto Conor observava Harry se afastando, afastando-se sem olhar para trás, afastando-se sem fazer *nada*, Harry passou pelo relógio digital.

O intervalo começava às 11h55 e terminava às 12h40.

O relógio atualmente mostrava 12h06.

As palavras de Harry ecoavam na mente de Conor.

"Já não vejo você."
Harry continuava se afastando, cumprindo o que prometera.
"Já não vejo você."
O relógio anunciou 12h07.

— *É hora da terceira história* — o monstro disse por trás dele.

A TERCEIRA HISTÓRIA

— *Era uma vez um homem invisível* — continuou o monstro, enquanto Conor mantinha os olhos fixos em Harry —, *que se cansou de ser invisível.*

Conor começou a andar.

A andar atrás de Harry.

— *Não que ele fosse **realmente** invisível* — continuou o monstro, seguindo Conor, o som do refeitório diminuindo à medida que eles avançavam. — *Era que as pessoas se acostumaram a não vê-lo.*

— Ei! — gritou Conor. Harry não se virou. Nem Sully ou Anton, apesar de ainda estarem rindo abafado quando Conor aumentou o passo.

— *E, se ninguém o vê* — disse o monstro, aumentando a velocidade também —, *será que você realmente está ali?*

— Ei! — gritou Conor ainda mais alto.

O refeitório estava em silêncio agora, enquanto Conor e o monstro iam mais rápido atrás de Harry.

Harry, que ainda não tinha se virado.

Conor o alcançou e o segurou pelo ombro, virando-o. Harry pretendia questionar o que acontecera, olhando com raiva para Sully, agindo como se ele é que tivesse feito aquilo.

— Pare de bobagem — disse Harry, virando-se novamente. Desviou-se de Conor.

— *E então um dia o homem invisível decidiu* — prosseguiu o monstro, a voz tilintando nos ouvidos de Conor —, *eu **farei** com que me vejam.*

— Como? — perguntou Conor, novamente ofegante, sem se virar para ver o monstro ali, sem olhar para as reações do refeitório ao enorme monstro agora envolto em névoa, apesar de perceber os murmúrios nervosos e a ansiedade estranha no ar. — Como o homem fez isso?

Conor sentia o monstro logo atrás, sabia que ele estava se ajoelhando, sabia que ele estava aproximando o rosto de seus ouvidos para lhe sussurrar, para lhe contar o restante da história.

— *Ele chamou* — disse — *um **monstro**.*

E ele estendeu a mão enorme e monstruosa e, com um golpe, mandou Harry para longe.

Bandejas se espalhavam e pessoas gritavam enquanto Harry ia caindo. Anton e Sully pareciam assustados, olhando primeiramente para Harry, depois para Conor.

Suas expressões mudaram ao vê-lo. Conor deu mais um passo na direção deles, sentindo o monstro se erguendo por trás.

Anton e Sully se viraram e correram.

— Do que você acha que está brincando, O'Malley? — perguntou Harry ao se levantar do chão, segurando a testa no lugar onde ela bateu durante a queda. Ao tirar a mão, algumas pessoas gritaram ao ver sangue.

Conor continuou seguindo em frente, as pessoas abrindo caminho. O monstro foi com ele, acompanhando seu passo.

— Você não me vê? — gritou Conor, chegando mais perto. — Você não me *vê?*

— Não, O'Malley! — gritou Harry ao se levantar. — Não, não vejo. Ninguém aqui vê você.

Conor parou e olhou lentamente ao redor. Todo o refeitório os observava agora, esperando para ver o que aconteceria.

Menos quando Conor se virou para encará-los. Então eles desviaram o olhar, como se fosse sofrido ou constrangedor demais olhar diretamente para ele. Só Lily o encarou por mais de um segundo, a expressão ansiosa e magoada.

— Você acha que isso me assusta, O'Malley? — desafiou Harry, tocando o sangue na testa. — Você acha que sentirei medo de você?

Conor não disse nada, apenas começou a avançar novamente. Harry deu um passo para trás.

— Conor O'Malley — disse ele, a voz malévola agora. — De quem todos têm pena por causa da sua mãe. Que anda pela escola agindo como se fosse o mais diferente, como se ninguém reconhecesse seu *sofrimento*.

Conor continuou avançando. Ele estava quase lá.

— Conor O'Malley, que quer ser punido — disse Harry, ainda recuando, os olhos nos de Conor. — Conor O'Malley, que *precisa* ser punido. E por quê, Conor O'Malley? Que segredos tão horríveis você esconde?

— *Cale a boca* — mandou Conor.

E ele ouviu a voz do monstro dizer isso com ele.

Harry deu mais um passo para trás até estar contra uma janela. Era como se a escola toda estivesse prendendo a respiração, esperando para ver o que Conor faria. Ele pôde ouvir um ou dois professores chamando do lado de fora, notando finalmente que algo estava acontecendo.

— Mas você sabe o que *eu* vejo quando olho para você, O'Malley? — perguntou Harry.

Conor fechou o punho.

Harry se aproximou, os olhos brilhando.

— Não vejo *nada* — afirmou.

Sem se virar, Conor fez uma pergunta ao monstro.

— O que você fez para ajudar o homem invisível?

E ele sentiu a voz do monstro novamente, como se estivesse em sua mente.

— *Fiz com que **enxergassem*** — respondeu.

Conor cerrou ainda mais os punhos.

Então o monstro se lançou à frente para fazer com que Harry enxergasse.

CASTIGO

— Nem sei o que dizer. — A diretora bufou alto e fez que não com a cabeça. — O que posso lhe dizer, Conor?

Conor manteve os olhos no tapete, que tinha a cor de vinho derramado. A srta. Kwan também estava lá, sentada atrás dele, como se ele pudesse tentar fugir. Conor mais sentiu do que viu a diretora se inclinar para a frente. Ela era mais velha do que a srta. Kwan. E, de certa forma, duas vezes mais assustadora.

— Você o pôs no *hospital*, Conor — disse ela. — Você quebrou o braço dele, o nariz, e aposto como os dentes dele jamais voltarão a ser tão belos novamente. Os pais dele estão ameaçando processar a escola e prestar queixa contra você.

Ao ouvir isso, Conor levantou a cabeça.

— Eles estão um pouco histéricos, Conor — acrescentou a srta. Kwan, por trás. — E não os culpo. Mas expliquei o que estava acontecendo. Que ele estava provocando você e que suas circunstâncias eram... especiais.

Conor sentiu uma pontada de dor ao ouvir aquilo.

— Na verdade, foi a parte do *bullying* que os assustou — comentou a srta. Kwan com desprezo na voz. — Aparentemente, hoje em dia, não caem bem no currículo de futuros universitários tais acusações de *bullying*.

— *Mas não é por isso que estamos aqui!* — emendou a diretora, tão alto que Conor e a srta. Kwan se assustaram. — Não consigo nem entender direito o que aconteceu. — Ela consultou alguns

papéis na mesa: relatórios de professores e de outros alunos, su-
punha Conor. — Não sei nem mesmo como um único menino
poderia ter causado tanto estrago sozinho.

Conor *sentira* o que o monstro estava fazendo a Harry, sentira nas
próprias mãos. Quando o monstro agarrou a camiseta de Harry,
Conor sentiu o tecido contra as próprias mãos. Quando o monstro o golpeou, Conor sentiu o vigor do golpe no próprio punho.
Quando o monstro segurou o braço de Harry às costas, Conor
sentiu os músculos de Harry resistindo.

Resistindo, mas não vencendo.

Afinal, como um menino pode vencer um monstro?

Lembrava-se de todos os gritos e da correria. Lembrava-se das
outras crianças fugindo para seus professores. Lembrava-se da
roda em torno dele se abrindo cada vez mais à medida que o monstro contava a história de tudo o que ele fez pelo homem invisível.

— *Nunca mais invisível* — o monstro dizia enquanto batia em
Harry. — *Nunca mais invisível.*

Chegou ao ponto em que Harry parou de tentar brigar, quando
os golpes do monstro eram fortes demais, numerosos demais, rápi-
dos demais, quando ele começou a implorar ao monstro que parasse.

— *Nunca mais invisível* — repetiu o monstro, finalmente soltando Harry, seus punhos enormes, à semelhança de galhos, cerrados
com força, como uma trovoada.

Virou-se para Conor.

— *Mas há coisas mais difíceis do que ser invisível* — disse ele.

E desapareceu, deixando Conor sozinho diante de Harry, que
tremia e sangrava.

Todos no refeitório olhavam para Conor agora. Todos conseguiam vê-lo, todos os olhos em sua direção. Havia silêncio no
salão, silêncio demais para crianças demais e, por um instante,
antes que os professores aparecessem — onde estavam? O mons-

tro os impedia de verem? Ou tinha sido mesmo rápido demais —, dava para ouvir o vento entrando pela janela aberta, um vento que derrubou folhinhas afiadas pelo chão.

Então houve mãos adultas sobre Conor, tirando-o dali.

— O que você tem a dizer em sua defesa? — perguntou a diretora.

Conor deu de ombros.

— Vou precisar de mais do que isso — disse ela. — Você realmente o machucou.

— Não fui eu — murmurou Conor.

— O quê? — perguntou ela, rispidamente.

— Não fui eu — repetiu Conor, com mais clareza. — Foi o monstro quem fez aquilo.

— O monstro — falou a diretora.

— Eu nem toquei no Harry.

A diretora, com a mão em concha, pôs os cotovelos sobre a mesa. Ela olhou para a srta. Kwan.

— Todos no refeitório viram você batendo em Harry, Conor — disse a srta. Kwan. — Eles viram você derrubá-lo. Eles o viram batendo a cabeça dele no chão. — A srta. Kwan se inclinou para a frente. — Eles o ouviram falando sobre ser visto. Sobre não ser mais invisível.

Conor abriu lentamente as mãos. Elas estavam doloridas novamente. Exatamente como depois da destruição da sala da avó.

— Entendo que você possa estar com muita raiva — comentou a srta. Kwan, a voz um pouco mais amena. — Digo, nem conseguimos entrar em contato com um responsável por você.

— Meu pai voltou para os Estados Unidos — falou Conor. — E minha avó começou a manter o telefone no silencioso para não acordar a mamãe. — Ele coçou as costas da mão. — A vovó provavelmente vai retornar a ligação.

A diretora se afundou pesadamente na cadeira.

— As regras da escola determinam a expulsão imediata — declarou ela.

Conor sentiu um frio na barriga, sentiu todo o corpo se afundar sob uma tonelada.

Mas então ele percebeu que estava afundando por causa do peso que *tirara* de cima de si mesmo.

Ele foi inundado por uma sensação de compreensão e de *alívio* também, algo tão forte que quase o fez chorar, bem ali na sala da diretora.

Ele seria punido. Finalmente aconteceria. Tudo faria sentido novamente. Ela o expulsaria.

A punição estava próxima.

Graças a Deus. Graças a *Deus*...

— Mas como poderia fazer isso? — completou a diretora.

Conor ficou paralisado.

— Como poderia fazer isso e ainda assim me considerar uma educadora? — perguntou ela. — Com tudo o que você está enfrentando. — Ela franziu a testa. — Com tudo o que sabemos sobre Harry. — Ela balançou a cabeça. — Chegará um dia em que conversaremos sobre tudo isso, Conor O'Malley. E *vamos mesmo*, acredite. — Ela começou a recolher os papéis sobre a mesa. — Mas não hoje. — Lançou-lhe um último olhar. — Você tem problemas maiores nos quais pensar.

Ele levou um tempo para perceber que tudo tinha acabado. Que era aquilo mesmo. Aquilo era tudo o que ele receberia.

— Você não vai me punir? — perguntou ele.

A diretora lhe abriu um sorriso malicioso, quase gentil, e então disse quase o mesmo que seu pai havia dito:

— Qual seria o objetivo disso?

A srta. Kwan o acompanhou de volta à sala de aula. Os dois alunos que passaram pelo corredor se encostaram contra a parede para deixá-lo passar.

Sua sala ficou em silêncio quando ele abriu a porta e ninguém, nem mesmo a professora, disse qualquer coisa enquanto ele ia até sua mesa. Lily, na mesa ao lado, parecia prestes a dizer alguma coisa. Mas não disse.

Ninguém falou com ele por todo o dia.

— *Há coisas piores do que ser invisível* — disse o monstro, e ele tinha razão.

Conor já não era mais invisível. Todos o viam agora.

Mas ele estava mais distante do que nunca.

UM BILHETE

Alguns dias se passaram. E depois mais. Era difícil dizer exatamente quantos. Todos pareciam um único dia longo e cinzento. Ele se levantava pela manhã e sua avó não conversava com ele, nem mesmo sobre o telefonema da diretora. Ele ia à escola e ninguém conversava com ele lá. Ele visitava sua mãe no hospital, e ela ficava cansada demais para conversar. Seu pai ligava e não tinha nada a dizer.

Tampouco havia sinal do monstro, não desde o ataque a Harry, apesar de supostamente agora ser a hora de Conor contar sua história. Todas as noites, Conor esperava. Todas as noites, o monstro não aparecia. Talvez porque soubesse que Conor não sabia que história contar. Ou que Conor *sabia*, mas se recusaria a contar.

Por fim, Conor caía no sono e o pesadelo o acometia. O pesadelo acontecia sempre que ele dormia agora, e era pior do que antes, se é que era possível. Ele acordava gritando três ou quatro vezes por noite, uma vez gritando tanto que sua avó bateu na porta para ver se ele estava bem.

Mas ela não entrou no quarto.

O fim de semana chegou e foi passado no hospital, mas o novo remédio de sua mãe ainda não fizera efeito e, no meio-tempo, ela teve uma infecção nos pulmões. Sua dor piorou também, então ela passava a maior parte do tempo dormindo e falando coisas sem sentido por causa dos analgésicos. A avó de Conor o tirava do quarto quando a mãe estava assim, e por isso ele se acostumou tanto a caminhar pelo hospital que uma vez ele levou uma mulher perdida até o departamento de radiologia.

Lily e sua mãe também fizeram uma visita no fim de semana, mas ele tomou cuidado para passar o tempo todo em que elas estavam ali lendo revistas na loja de presentes.

Depois, de alguma forma, ele voltou à escola. Por mais incrível que fosse, o tempo seguia adiante para todo o mundo.

O resto do mundo que não estava esperando.

A sra. Marl estava devolvendo o trabalho sobre histórias de vida. Quer dizer, para todos os que *tinham* uma vida. Conor só ficou sentado à carteira, a cabeça apoiada na mão, olhando para o relógio. Ainda faltavam duas horas e meia para as 12h07. Não que isso importasse. Ele estava começando a pensar que o monstro tinha desaparecido para sempre.

Mais um que não queria falar com ele.

— Ei — ouviu ele um chamado sussurrado por perto. Tirando sarro dele, sem dúvida. Olhe para Conor O'Malley, só sentado lá como um saco vazio. Que maluco.

— Ei — ouviu ele novamente, desta vez com mais insistência.

Percebeu que alguém estava sussurrando para *ele*.

Lily estava do outro lado do corredor, onde se sentava todos esses anos em que frequentaram juntos a escola. Ela olhava para a srta. Marl, mas os dedos lhe estendiam um bilhete.

Um bilhete para Conor.

— Pegue — sussurrou ela pelo canto da boca, entregando-lhe o bilhete.

Conor olhou para ver se a srta. Marl os estava observando, mas ela estava ocupada demais expressando decepção com o fato de a vida de Sully apresentar uma horrível semelhança com a de um super-herói com características de inseto. Conor estendeu a mão e pegou o bilhete.

Ele estava dobrado no que pareciam centenas de vezes e abri-lo era como desfazer um nó. Ele lançou um olhar irritado para Lily, mas ela ainda fingia prestar atenção na professora.

Conor abriu o bilhete na mesa e leu. Apesar de todas as dobras, ele tinha apenas quatro linhas.

Quatro linhas e o mundo todo se acalmou.

Desculpe por ter contado a todo mundo sobre sua mãe, dizia a primeira linha.

Sinto falta da sua amizade, dizia a segunda.

Você está bem?, dizia a terceira.

Eu *vejo você,* dizia a quarta, com o **eu** sublinhado cem vezes.

Ele releu. E releu.

Conor voltou a olhar para Lily, que estava ocupada sendo elogiada pela srta. Marl, mas percebeu que ela se ruborizava, e não só por causa do que a srta. Marl dizia.

A srta. Marl seguiu em frente, ignorando Conor.

Ao terminar, Lily olhou para o amigo. Fitou-o nos olhos.

E ela tinha razão. Ela o via, ela o via *mesmo.*

Ele teve de engolir em seco antes de conseguir falar.

— Lily... — Conor começou a dizer, mas a porta da sala se abriu e a secretária entrou, aproximando-se da srta. Marl e sussurrando-lhe alguma coisa.

As duas se viraram e olharam para Conor.

100 ANOS

No hospital, a avó de Conor parou diante do quarto da mãe dele.

— Você não vai entrar? — perguntou Conor.

Ela fez que não com a cabeça.

— Vou ficar na sala de espera — informou ela, e o deixou para entrar sozinho.

Ele sentiu algo amargo no estômago ao pensar no que encontraria lá dentro. Nunca antes o tiraram da escola mais cedo, não no meio do dia, nem mesmo quando ela fora hospitalizada, na Páscoa passada.

Muitas perguntas passavam por sua mente.

Perguntas que ele ignorava.

Ele abriu a porta, temendo pelo pior.

Mas sua mãe estava acordada, a cama na posição erguida. E mais: ela estava sorrindo e, por um segundo, o coração de Conor disparou. O tratamento deve ter dado certo. O teixo a curara. O monstro conseguira...

Então Conor percebeu que o sorriso não combinava com o olhar. Ela estava feliz por vê-lo, mas estava com medo também. E triste. E mais cansada do que ele jamais vira, o que era um detalhe importante.

E eles não o tiraram da escola para lhe dizer que ela estava se sentindo um pouco melhor.

— Oi, filho — disse ela e, ao dizer isso, seus olhos se encheram de lágrimas e ele percebeu a aspereza em sua voz.

Conor teve a sensação de que começava lentamente a ficar com muita, muita raiva.

— Venha cá — chamou ela, batendo no lençol ao lado de si.

Mas ele não se sentou ali, jogando-se na cadeira ao lado da cama.

— Como você está, querido? — perguntou ela, a voz fraca, a respiração ainda mais trêmula do que ontem. Parecia haver mais tubos invadindo seu corpo hoje, dando-lhe remédios, ar e sabe-se lá mais o quê. Ela não usava o lenço e a cabeça estava nua e branca sob as luzes fluorescentes do quarto. Conor sentiu uma vontade quase irresistível de encontrar algo para cobrir a calvície da mãe, para protegê-la antes que alguém percebesse quanto ela estava vulnerável.

— O que está acontecendo? — perguntou ele. — Por que a vovó me tirou da escola?

— Eu queria vê-lo — disse ela — e, como a morfina têm me deixado grogue, não sabia se eu teria uma oportunidade mais tarde.

Conor cruzou os braços com força.

— Às vezes você fica acordada à noite — comentou ele. — Você poderia ter me visto hoje à noite.

Ele sabia que estava fazendo uma pergunta. Ele sabia que sua mãe sabia também.

E então Conor percebeu, quando sua mãe voltou a falar, que ela estava lhe dando uma resposta.

— Queria vê-lo *agora*, Conor — disse ela, e sua voz novamente estava embargada e os olhos, úmidos.

— Esta é a conversa, não é? — perguntou Conor, com mais rispidez do que pretendia. — É a...

Ele não terminou a frase.

— Olhe para mim, filho — pediu ela, porque ele estava olhando para o chão. Lentamente, Conor voltou a encarar a mãe. Ela estava abrindo um sorriso supercansado e ele percebeu quanto ela estava apoiada nos travesseiros, como se nem tivesse forças para erguer a cabeça. Notou que eles subiram a cama porque sua mãe não seria capaz de olhar para ele de outra forma.

Ela respirou fundo para falar, o que deu início a uma tosse horrível, com um som pesado. Demorou um pouco até ela conseguir finalmente voltar a falar.

— Conversei com o médico hoje pela manhã — recomeçou ela, a voz fraca. — O tratamento novo não está funcionando, Conor.

— Aquele com o teixo?

— Sim.

Conor fez uma cara feia.

— Como é possível que não esteja funcionando?

Sua mãe engoliu em seco.

— As coisas evoluíram rápido demais. Era uma leve esperança. E agora tem esta infecção...

— Mas como o remédio pode não estar *funcionando*? — repetiu ele, quase como se perguntasse a outra pessoa.

— Eu sei — disse sua mãe, o sorriso triste ainda ali. — Olhando para aquele teixo todos os dias, era como se eu tivesse um amigo que me ajudaria se as coisas piorassem.

Conor ainda estava de braços cruzados.

— Mas ele *não* ajudou.

Sua mãe fez que não com a cabeça. Ela tinha um olhar de preocupação no rosto, e Conor entendeu que ela estava preocupada com *ele*.

— E o que acontece agora? — perguntou Conor. — Qual é o próximo tratamento?

A isso ela não respondeu. O que era uma resposta em si.

Mas Conor disse em voz alta assim mesmo.

— Não há mais tratamentos.

— Sinto muito, filho — falou a mãe, lágrimas rolando pelos cantos dos olhos agora, apesar de ela ainda manter o sorriso. — Nunca sofri tanto por alguma coisa na vida.

Conor olhou para o chão novamente. Sentiu-se incapaz de respirar, como se o pesadelo lhe estivesse tirando o ar.

— Você disse que daria certo — questionou ele, a voz hesitante.

— Eu sei.

— Você *disse*. Você *acreditava* que daria certo.

— Eu sei.

— Você mentiu — acusou Conor, voltando a olhar para a mãe. — Você tem mentido o tempo todo.

— Eu *realmente* acreditava que funcionaria — declarou ela. — Provavelmente é isso o que tem me mantido aqui por tanto tempo, Conor. Acreditar para *você* também acreditar.

Sua mãe estendeu uma das mãos, mas ele se afastou.

— Você mentiu — repetiu Conor.

— Acho que, no fundo, você sempre soube — falou a mãe. — Não é?

Conor não respondeu.

— Não há nada de errado em ter raiva, querido — disse ela. — De verdade. — Ela deu uma risadinha. — Estou com muita raiva também, para dizer a verdade. Mas quero que você saiba, Conor, e é importante que você me ouça. Está me ouvindo?

Ela tentou tocar o filho novamente. Depois de um segundo, ele a deixou pegar sua mão, mas ela o segurava com tanta fraqueza...

— Você pode ter a raiva que quiser — afirmou ela. — Não deixe que ninguém lhe diga o contrário. Nem sua avó, nem seu pai, nem ninguém. E, se você precisar quebrar as coisas, então, por Deus, quebre-as com vontade!

Ele não conseguia olhar para a mãe. Simplesmente *não conseguia*.

— E se, um dia — continuou ela, agora realmente chorando —, você olhar para trás e se sentir mal por ter raiva, se você se sentir mal por estar com *muita* raiva de mim, tanto que não consegue nem falar comigo, então você tem de saber, Conor, tem de saber que está *tudo bem*. Está tudo bem. Que eu *sabia*. Eu *sei*, entende? Sei de tudo o que você precisa me dizer sem que você precise dizer em voz alta. Tudo bem?

Ele ainda não conseguia olhar para a mãe. Conor não conseguia erguer a cabeça; ela parecia tão pesada. Ele estava dividido, como se tivesse sido cortado ao meio.

Mas fez que sim com a cabeça.

Ele a ouviu soltar um suspiro demorado e trêmulo e percebeu alívio nele, e também cansaço.

— Sinto muito, filho — disse ela. — Vou precisar de mais analgésicos.

Ele soltou a mão dela. Ela estendeu o braço e apertou o botão na máquina que o hospital lhe dera, que administrava analgésicos tão fortes que a mãe nunca conseguia ficar acordada depois de tomá-los. Ao terminar, ela segurou a mão de Conor novamente.

— Queria ter cem anos — disse ela, bem baixinho. — Cem anos para poder lhe dar.

Ele não respondeu. Poucos segundos mais tarde, o remédio a fez dormir, mas não importava.

Eles tiveram a conversa.

Não havia mais nada a dizer.

— Conor? — disse sua avó, colocando a cabeça pela porta um tempo depois, Conor não sabia quanto.

— Quero ir para casa — falou ele, baixinho.

— Conor...

— *Minha* casa — emendou ele, erguendo a cabeça, os olhos vermelhos, de pesar, de vergonha, de *raiva*. — A casa com o teixo.

PARA QUE SERVE VOCÊ?

— Vou voltar ao hospital, Conor — anunciou a avó, deixando-o em casa. — Não gosto de deixá-la daquele jeito. O que você precisa que é tão importante?

— Tenho que fazer uma coisa — respondeu Conor, olhando para a casa onde vivera toda a vida. Ela parecia vazia e estranha, apesar de não fazer muito tempo desde que ele saiu dali.

Ele percebeu que aquela provavelmente jamais seria sua casa outra vez.

— Voltarei dentro de uma hora para pegá-lo — avisou sua avó. — Vamos jantar no hospital.

Conor não estava ouvindo. Ele já estava fechando a porta do carro atrás de si.

— Uma hora — gritou a avó pela porta fechada. — Você vai querer estar lá hoje à noite.

Conor continuou caminhando até a entrada da casa.

— Conor! — gritou ela. Mas ele não se virou.

Ele mal a ouviu sair com o carro e se afastar.

Lá dentro, a casa cheirava a pó e ar estagnado. Ele nem se deu ao trabalho de fechar a porta. Foi diretamente para a cozinha e olhou pela janela.

Lá estava a igreja na colina. Lá estava o teixo protegendo o cemitério.

Conor foi até o jardim dos fundos. Ele subiu na mesa onde sua mãe costumava beber Pimm's no verão e, dando um impulso, pulou a cerca. Ele fazia isso desde que era uma criança bem pequena, há tanto tempo que seu pai era quem o castigava. A falha no arame farpado perto da ferrovia ainda estava ali e Conor passou por ela, rasgando a camisa, mas sem se importar.

Ele cruzou as ferrovias, sem nem sequer notar se vinha trem, pulando outra cerca, e se descobriu na base da colina que levava à igreja. Ele pulou um murinho de pedra que a cercava e passou sobre as lápides, o tempo todo tendo a árvore em vista.

E o tempo todo ela continuava apenas uma árvore.

Conor começou a correr.

— Acorde! — ele começou a gritar antes mesmo de chegar até ela. — ACORDE!

Ele chegou ao tronco e começou a chutá-lo.

— Eu mandei *acordar*! Não me importa que horas são!

Ele chutou de novo.

E com mais força.

E novamente.

E a árvore saiu do caminho tão rápido que Conor perdeu o equilíbrio e caiu.

— *Você vai acabar se machucando se continuar com isso* — disse o monstro, pairando sobre ele.

— Não funcionou! — gritou Conor, levantando-se. — Você disse que o teixo a curaria, mas não a curou.

— *Disse que, se fosse possível curá-la, o teixo o faria* — emendou o monstro. — *Parece que ela não podia ser curada.*

A raiva aumentou ainda mais no peito de Conor, fazendo seu coração bater forte contra as costelas. Ele atacou as pernas do monstro, socando a casca e ferindo-se quase que imediatamente.

— Cure-a! Você tem de curá-la!

— *Conor* — disse o monstro.

— Para que serve você se não pode curá-la? — perguntou Conor, afastando-se. — Só histórias estúpidas e me causando problemas e todos olhando para mim como se eu fosse doente.

Ele parou porque o monstro estendera uma das mãos e o levantara no ar.

— *Foi você quem me chamou, Conor O'Malley* — disse ele, olhando seriamente para o menino. — *Você é quem tem as respostas a essas perguntas.*

— Se eu o chamei foi para salvá-la — falou Conor, o rosto vermelho, lágrimas que ele nem percebia escorrendo furiosas pelo rosto. — Foi para salvá-la!

As folhas do monstro farfalharam, como se o vento as fizesse suspirar demoradamente.

— *Não vim curá-la* — declarou o monstro. — *Vim curar você.*

— Eu? — interrogou Conor, parando de se remexer na mão do monstro. — *Eu* não preciso ser curado. Minha mãe é que...

Mas ele não conseguiu completar. Nem agora ele conseguia dizer aquilo. Por mais que tivessem a conversa. Por mais que ele sempre soubesse. Porque *claro* que ele sabia, *claro* que sempre soube, por mais que quisesse acreditar que não era verdade, claro que sabia. Mas *ainda assim* ele não podia dizer.

Não podia dizer que ela estava...

Conor ainda chorava furiosamente e estava com dificuldades para respirar. Ele se sentiu como se estivesse sendo aberto, o corpo rasgado.

Ele voltou a olhar para o monstro.

— Me ajude — pediu, baixinho.

— *É hora* — disse o monstro — *da quarta história.*

Conor soltou um grito de raiva.

— Não! Não é isso que quero dizer! Há coisas mais importantes acontecendo!

— *Sim* — concordou o monstro. — *Sim, há mesmo.*

Ele abriu a mão.

A névoa envolveu-os novamente.

E, mais uma vez, eles estavam no meio do pesadelo.